La travesía del cucubano

Una historia de esfuerzo y superación

Edwin Ortiz Rivera

Ediciones Eleos

Autor: Edwin Ortiz Rivera

Editor: Frank J. Ortiz Bello

ISBN: 978-1-881741-18-3

Ediciones Eleos

Dorado, Puerto Rico

www.edicioneseleos.com

Ediciones Eleos es una división de FJ Multimedia LLC.

A mi esposa Maribel, quien me brinda su compañía en esta hermosa travesía de la vida.

Tabla de contenido

Una gran decisión

Era una noche como cualquier otra. Una luna llena brillaba sobre las montañas y era capaz de iluminar todo lo que había en aquel lugar. Ya los seres de la noche habían ocupado cada uno de ellos su espacio y lugar correspondientes. Cada uno de ellos desde los más diminutos, como los de tamaños considerables, llevaban a cabo sus funciones y tareas. Un cucubano encendió su «bombillo» y de forma maravillosa fue capaz de alumbrar el lugar donde se encontraba. Se dirigía a una convocatoria en la cual se pidió sin falta la asistencia de todos los cucubanos del lugar. Los líderes querían saber el número de cucubanos que formaban parte de la comunidad. El Gran Huracán de hace un año atrás les había golpeado con dureza y muchos de los miembros de la comunidad ya no estaban.

Los pequeños cucubanos, a pesar de su diminuto tamaño, eran en realidad un grupo muy esforzado, fuerte y valiente. Cada noche para ellos era una batalla de vida o muerte. Los grandes depredadores siempre andaban al acecho y provocaban bajas considerables en sus filas. Pero a pesar de ello todas las noches salían a cumplir su tarea. Su tarea no era solo alimentarse, era cuidar de sus familias. Además que, de forma muy particular, formaban parte del grupo de los polinizadores. Ellos también, junto a las abejas, eran muy necesarios para la vida de las flores y las cosechas. También ayudaban al comerse a una serie de gusanos más pequeños que dañaban las cosechas.

Los cucubanos eran parientes de los escarabajos y, al igual que las luciérnagas, parte de sus cuerpos eran capaces de alumbrar como si fueran una especie de bombilla biológica. Pero para los cucubanos la vida era en realidad bastante sencilla: vivir para sobrevivir. Cada día era un día de enfrentar las dificultades y los diferentes problemas y procurar salir con vida de todos ellos. Existían muchos depredadores que los cucubanos tenían que tomar en cuenta, alguno de los pájaros nocturnos y la variedad de sapos. Su capacidad para alumbrar le servía para ahuyentar a los depredadores, al hacerles creer que eran animales peligrosos. Pero una de las cosas que nuestros amigos los cucubanos tenían muy presente, era que su posibilidad de sobrevivir era cada vez menor. Ellos sabían que su población cada vez disminuía, y que, si su desaparición seguía al ritmo que iba, podrían ser exterminados.

Con algunas de estas cosas como preocupación, se dio la convocatoria para todos los cucubanos del lugar. Ellos sabían que la mejor manera de enfrentar las adversidades y crisis como esas, era el que pudieran estar juntos. Salieron juntos Mario y demás miembros de su grupo, quienes hace unos años atrás se podrían contar por cientos y cientos, hoy día apenas llegaban a los cincuenta. El abuelo de Mario lideraba al grupo y la iniciativa de encontrarse. El viaje era considerable en su distancia y muy peligroso. Por lo menos contaban con el follaje de los árboles y plantas que le servían de escudo de protección mientras se iban moviendo. El abuelo dio la señal y se lanzaron al viaje, explicando de la importancia de ese encuentro y de las decisiones importantes que allí se tomarían para todas las comunidades.

Cada uno de ellos encendió su luz y por

donde quiera que pasaban iluminaban la noche. El viaje le tomaría alrededor de una hora, pero uno de los lugares por el que tenían que volar era un espacio abierto, en ese espacio abierto serían presa fácil de cualquier depredador. Sobre todo, cualquier ráfaga de viento le podía lanzar en otra dirección. Todos esos riesgos habían sido considerados por el abuelo, pero era necesario llevar a cabo la travesía. A todos les fue asignado un compañero de viaje, con la idea de que nadie se quedará solo en ningún momento. La ayuda y el cuidado mutuo era para ellos tan esencial como el alimento mismo. El estar juntos les garantizaba el poder sobrevivir.

El abuelo siempre les contaba aquella historia en la cual, gracias a su compañero de vida, pudieron escapar de uno de los pájaros nocturnos. Cada vez que contaba la historia era preciso escucharla, el dramatismo y la forma en que daba los detalles lograba que cada uno de los presentes lo viviera. Por eso, todos sabían que tener un compañero de viaje no era un lujo, sino una profunda necesidad, si es que se quiere sobrevivir.

Mario tenía una compañera. Al principio llevó su protesta al abuelo pidiendo que se le diera un compañero. Creía Mario que de esa forma estaría mejor protegido. La vida misma en su preciso momento le haría ver lo equivocado que estaba. La chica que acompañaría a Mario se llamaba Rebeca, tenía su misma edad y era muy inteligente. Siempre destacó sobre los demás en los distintos ejercicios de «evadir y ocultarse». Evadir y ocultarse son, en realidad, las mejores herramientas que podían tener los cucubanos, ya que cualquier enfrentamiento en forma directa con un depredador era la muerte segura. Eso lo sabía cualquiera de ellos, se les enseñaba desde pequeño, aun antes de aprender a hablar. Pero para Mario, Rebeca era una desventaja. Pero el sentido del deber era mucho más fuerte, la promesa que se hacían el uno al otro de cuidar y protegerse entre ellos era un juramento inviolable. Mario y Rebeca lo sabían.

La noche se apropió de todo el lugar. Era noche de luna nueva, la oscuridad dominaba y para los cucubanos era su noche ideal. Cada cual probó su luz para estar seguro de que todo estaría bien. Pero esta vez volarían a oscuras, solo encendería su luz el abuelo que iría a la cabeza del grupo. Salieron todos siguiendo al abuelo. El zumbido de sus alas creaba una armonía que era casi musical, eran como un solo instrumento.

Se mantuvieron lo más cerca del suelo que podían, pero no demasiado. Volaban a una distancia que les permitía esquivar la lengua o el brinco de cualquier sapo hambriento. Esquivaban ramas, arbustos o cualquier planta en su camino. El abuelo, a pesar de su edad, marcaba un paso veloz; su fuerza y experiencia se dejaban ver. Mientras viajaban, pudieron evitar en forma magistral unas cuantas telas de araña. Los cucubanos les temían a las telas de araña y tenían un equipo de especialistas entre ellos, para cualquier emergencia. Los años le habían dado la experiencia para lidiar en ese tipo de casos.

Los cucubanos habían aprendido por la experiencia, que la única forma de sobrevivir en un ambiente hostil era permaneciendo unidos. Ellos sabían que cucubano solitario era un cucubano muerto. Sin embargo, se promovía entre ellos la capacidad de superación individual. Cada uno de ellos era motivado por el colectivo para poder descubrir su lugar dentro de la comunidad. Ese lugar no era predeterminado por los demás, ese lugar lo encontraba cada cual; la comunidad solo le facilitaba el proceso.

Para Mario esa era la pregunta que con insistencia se hacía cada día. El no saber aún su propósito y su lugar, le provocaba bastante ansiedad. Su abuelo procuraba exponerlo a distintos tipos de experiencias y servicio, con la intención de poder ayudarle a encontrar su lugar. Encontrar el «lugar» era vital para la salud emocional del individuo y para el bienestar del conjunto. La máxima era que, si el individuo alcanza su máximo potencial, la comunidad alcanzará el máximo potencial. Pero Mario no sabía aún el «para qué». Pero cuando salieron en su travesía, Mario esperaba que el viaje le ayudara a encontrar su lugar. Como él, había otros y otras que anhelaban encontrar su propósito; lo que no sabían era que su petición sería contestada y de qué forma y manera.

La especie del cucubano comprendía bien su lugar en el ecosistema, manejaba con sabiduría su realidad. Comprendía a la perfección sus fortalezas y limitaciones. Para ellos conocerse ellos mismos era su mejor arma para batallar contra las dificultades. Ellos reconocían que eran insectos pequeños comparados con otros, que podían ser presa fácil para los depredadores, que necesitaban conocer la naturaleza y los tiempos y movimientos del viento. Por eso su unidad y trabajo en equipo era su arma más importante para poder sobrevivir. El cucubano era muy consciente de que vivir fuera de la comunidad era una muerte segura. Pero como en todo grupo donde existe la diversidad, había conflictos entre ellos.

El deseo por el poder, la seducción del control sobre los demás, el reconocimiento personal y todos esos vicios se dejaban sentir de tiempo en tiempo, pero al final el alto precio de semejantes asuntos lo pagaba el colectivo. El abuelo, como todos le conocían, le había tocado librar muchas batallas, sobre todo el descrédito; al punto que en sus años de joven estuvieron a punto de echarlo de la comunidad. Unas decisiones personales que fueron interpretadas con maldad y mucha falta de misericordia, le pusieron al borde del exilio. Pero el líder de aquel entonces prefirió la misericordia y el amor, ante el juicio y la condena. Gracias a eso, hoy día la comunidad disfruta de uno de los mejores líderes en su historia como grupo.

Los años no perdonan a nadie, el tiempo pasa con mucha rapidez y sobre todo en la vida de un cucubano. El abuelo sabía muy bien que su tiempo estaba contado. Era necesario escoger pronto un líder que lo pudiera sustituir. Durante muchos años el abuelo había puesto los ojos en distintos individuos, entre ellos su propio nieto Mario. Pero en la comunidad las posiciones de dirección no se dan por herencia, sino por el grado de servicio y entrega que los individuos demuestran. Por supuesto que era también necesario los dotes indispensables del liderazgo.

Al menos cinco individuos, entre ellos tres mujeres, perfilaban entre los posibles candidatos a la posición de dirigente general. El abuelo tenía su ayudante personal. En caso de pasarle algo al abuelo, ese ayudante tomaría la dirección del grupo hasta que la asamblea escogiera al próximo dirigente. Ya el abuelo le había manifestado en varias ocasiones al Consejo General, que ya su tiempo era cumplido y que era tiempo pasar la responsabilidad a otro. Pero el Consejo le pidió por favor que fuera él quien dirigiera el éxodo de ellos como comunidad. Su experiencia en el manejo de crisis y su capacidad como estratega eran necesarias para tener éxito en ese proyecto.

Cada grupo en la comunidad fue capacitado para comprender la magnitud de su proyecto y lo que se esperaba de cada uno de ellos. El compartir con todos los miembros de la comunidad la información, el prepararlos para el proyecto, el tenerles ubicados y ocupados en un lugar y tarea correspondiente, era parte importante para garantizar la victoria. Un individuo que no sabe, no entiende y no está ocupado en una tarea necesaria, es un individuo que tarde o temprano les traerá problemas. Normalmente estos individuos comienzan a quedarse rezagados, comparten con otros sus quejas y frustraciones. Al pasar el tiempo, el grado de influencia de ese individuo puede contaminar a por lo menos de cinco a diez más. Y esos al pasar el tiempo tienen el potencial de contaminar también a otros. Por eso, ellos procuraban que todos en la comunidad fueran parte del proceso y estuvieran informados. Siempre había sus excepciones, como en toda comunidad compuesta de individuos imperfectos.

Los preparativos para el éxodo iban muy bien, cada uno comprendía muy bien su encomienda y el lugar de servicio. La cuenta regresiva había comenzado. En menos de veinticuatro horas uno de los eventos más importantes en la vida de la comunidad tendría efecto, su supervivencia como colectivo dependía de ellos. Entre los mayores la preocupación era muy alta, sabían que un viaje como ese podría resultar en la pérdida de muchos de los miembros de la comunidad. Un viento de tormenta, un ataque de múltiples pájaros, un fallo en el cálculo y la distancia; cualquiera de esas cosas haría que su éxodo fuera todo un fracaso. Pero permanecer donde estaban era al final una muerte segura. Por eso que, a pesar de los miedos, apoyaban en forma total al abuelo, pues sabían que era la mejor decisión. Al final todos sabían que no tomar decisiones en la vida era realmente tomar decisiones.

El abuelo se acercó a Mario y le dijo:

—Mario, necesito reunirme con el Consejo. ¿Puedes avisarles por favor?

—Claro abuelo, les avisaré. ¿Está todo bien? —preguntó Mario mirándolo con preocupación.

—Sí, pero quedan unos asuntos que necesitamos precisar para el día de mañana —respondió el abuelo.

Mario salió apresurado y les avisó a los miembros del Consejo. Los miembros del Consejo eran escogidos por la comunidad. Se les escogía principalmente por su valentía y servicio. Hasta ahora el Consejo se componía de tres mujeres y tres hombres. Todos ellos miembros muy queridos y respetados por el colectivo.

El abuelo en realidad no fue totalmente honesto con Mario, su preocupación se centraba en que llevaban unos días en los que no habían podido comunicarse con Lucas. Lucas era el director de la comunidad con la cual se estarían encontrando al otro lado del valle. Eso representaba el problema de no saber si Lucas seguía como líder de la comunidad, o el pensar que algo grave le pudo pasar a la comunidad. Como líder responsable, el abuelo entendía que era importante el hablar con el Consejo y tomar juntos una decisión como esa. Pero el abuelo estaba convencido que había que continuar con los planes. Sabía que era un enorme riesgo, pero era necesario asumir el riesgo si deseaban tener la posibilidad de un futuro.

Uno por uno fue llegando, cada cual con un rostro lleno de preocupación. Citar al Consejo con tanta premura no podían ser buenas noticias. El abuelo fue directo al grano, era un individuo muy directo a la hora de presentar asuntos como esos. Normalmente procuraba contestar las preguntas antes que se las hicieran, de esa forma podía mantener el orden y control de la reunión.

En forma clara y precisa el abuelo le explicó el problema. Los miembros del Consejo apoyaron la idea del abuelo de continuar con el éxodo, tenían claro que era una cuestión de vida o muerte.

Les agradezco por su apoyo y ayuda en todo este proceso, mañana será un gran día —con estas palabras el abuelo despidió al Consejo.

Era tiempo de salir a comer, la noche había llegado, era necesario hacer provisión para el viaje de mañana. Comer todo lo posible y descansar lo necesario. Fue eso lo que hizo la comunidad. Todos juntos, como era su costumbre, recibieron la noche y pasado un tiempo se abandonaron al descanso, era necesario porque mañana sería el día más importante de sus vidas.

El movimiento en la comunidad era muy poco, la mayoría continuaba aprovechando el descanso. Su salida sería tan pronto se ocultara el sol. Saldrían en un vuelo muy juntos los unos de los otros. La idea era mantener alejados a los depredadores. Ya todo estaba listo, lo que restaba era esperar.

El comienzo de la travesía

Ya las horas habían pasado, el momento de salir había llegado. Se reunieron en el punto acordado, el abuelo tomó la salida y junto a él los demás miembros de la comunidad. Cada uno volaba al lado de su compañero de vida. La noche se había presentado con bondad, la brisa era suave y refrescante. Los que volaban a la delantera encendieron sus luces para mantener en la dirección a los demás. Su vuelo se mantenía lo más bajo que pudieran. Durante un tiempo volaron sin mayores percances, pero eso cambiaría dentro de poco tiempo.

Ellos, a nivel estratégico, habían pensado en la mayoría de los escenarios posibles, y procuraron tener un plan para manejarlo. Pero el factor «individuo» es siempre uno inesperado. Durante un tiempo volaron entre los arbustos, utilizando los mismos como una barrera de defensa natural. Una vez entraron entre los arbustos, volaban al frente junto al abuelo el equipo especializado en el manejo de las telas de araña. Ellos volaban muy al frente pero siempre podrían ser vistos por los demás. Si caían en una tela de araña, la mayoría de los miembros de la comunidad saldrían ilesos. Una vez eran atrapados en la tela de araña, los demás miembros del grupo podrían sacarlos de la trampa.

Los cucubanos desde pequeños crecían con la consciencia de la importancia de la comunidad, del grupo. Por eso para ellos la posibilidad del sacrificio personal en beneficio de la comunidad no era considerado locura, sino una cuestión lógica, de sentido común. El camino de su propia vida y bienestar había sido pavimentado por los sacrificios de otras y otros, que a lo largo de la historia se entregaron en forma voluntaria por su compromiso con la comunidad. Todos los meses durante un fin de semana se recordaba a cada uno de los cucubanos que ofrendaron sus vidas por el bien de los demás. Era un tiempo de contar historias, un tiempo de silencio y reverencia, era un tiempo de agradecimiento y compromiso los unos con los otros.

El grupo señuelo, los que volaban al frente, tuvieron su primer encuentro con las queridas arañas. Ellos vieron a una distancia considerable una tela de araña de tamaño enorme. De forma rápida organizaron al grupo para evitarla. Muy contentos celebraban la victoria. De pronto fueron sorprendidos por un tipo de embudo natural por parte de los arbustos. Al terminar el embudo una tela de araña les sorprendió. Dos de los «cazadores de trampas» fueron atrapados. Ellos sabían que el secreto de caer en semejante trampa era evitar los movimientos. Permanecer inmóviles hasta que llegara el rescate. Allí permanecieron inmóviles. La araña cuando atrapaba algo en su tela, sabía hacia dónde atacar por las vibraciones que sentía en su tela. Los rescatistas llegaron y con pequeñas ramas muy afiladas lograron cortar la tela y librar a los demás. Una vez más confirmaron la importancia de estar juntos, unidos y coordinados.

Siguieron su vuelo rumbo al norte, aún quedaba mucho camino por recorrer. La capacidad de resistencia de un cucubano era formidable, al igual su coraza. Pronto se percataron que la cubierta de los arbustos se estaba haciendo cada vez más escasa. Esto representaba un problema, pero el abuelo estaba preparado para este tipo de situación. Una vez salieron por obligación de los arbustos, se formaron tres grupos de cinco cucubanos; eran sin duda los cucubanos más grandes de la comunidad, varones y hembras por igual. Su labor era proteger a la comunidad de cualquier ataque de un depredador. Si algún pájaro les atacaba, ellos encenderían sus luces para desviar la atención del atacante mientras los demás se refugiaban entre la yerba. Estos tres grupos a su vez podían formar un solo grupo para ahuyentar a los depredadores brillando cada uno con su máxima potencia, una vez juntos se convertían en una poderosa luz capaz de cegar y aturdir a los depredadores. Esa era por lo menos lo que se creía en teoría.

De todos los allí presente, tan solo el abuelo podía hablar de su efectividad. Él mismo formó parte de esos grupos y recordaba en una ocasión que enfrentaron a un temible pitirre; durante una larga noche fueron acechados e intimidados. Pero su sentido de unidad y la valentía que les caracterizaba lograron que el pitirre sintiera temor cuando todos juntos, pegados los unos a los otros, hicieron brillar su luz propia con tanta intensidad que ellos mismos tuvieron que cerrar sus ojos. El pitirre cuando hizo su envestida se encontró con una luz que le causó pavor y no se quiso aventurar.

Pero para los demás era solo una historia que habían escuchado, no lo habían vivido por experiencia propia. Pero la vida siempre está llena de sorpresas. Uno de los mayores problemas que podían enfrentar era el ataque de un murciélago. El murciélago, por sus características, era un enemigo muy temible. Ante un ataque de murciélago la única estrategia era buscar dónde ocultarse. Los cucubanos eran muy valientes, pero temblaban de miedo ante la idea de ser atacados por un murciélago. Hasta ahora no sabían de nadie que hubiese escapado ante el ataque de ese poderoso enemigo. Mario se sorprendió a sí mismo pensando en los posibles escenarios de ataques y dificultades. Pero cuando su mente le presentó la posibilidad de un ataque de murciélago, tan solo pudo murmurar una oración de misericordia.

Ya comenzaban a entrar al valle. El valle representaba para ellos el lugar de mayor vulnerabilidad. No tenían escudos naturales que le brindaran protección. Pero no había vuelta atrás. Por otro lado, ellos sabían que en muchas ocasiones nuestro lugar de mayor vulnerabilidad podría ser a su vez nuestro lugar de mayor fortaleza. Parece una paradoja, pero si lo miramos de cerca resulta que es muy lógico. Es en nuestro momento de mayor vulnerabilidad en el cual nos toca dar todo lo que tenemos para poder sobrevivir. Si no damos todo lo que tenemos fracasaremos. Los cucubanos sabían que aquel valle podía ser su tumba, pero también sabían que aquel valle podía ser el paso a una vida abundante.

A Mario, junto a Rebeca, le tocaba volar por encima de la comunidad y a cierta distancia. Su misión era alertar de cualquier asunto que pudiera poner en peligro a la comunidad. Debajo de ellos volaban otras dos parejas que lo hacían con la misma misión. La noche estaba peculiarmente oscura y esto se debía a unas nubes de lluvia que comenzaban a cubrir el cielo. La posibilidad de la lluvia para los cucubanos podía representar un problema si esta era copiosa. El abuelo alertó a los demás para buscar refugio en un arbusto que encontraron en el camino, era en realidad un pequeño árbol de guayaba.

Uno de los grupos de reconocimiento fue para verificar que pudieran usarlo y no encontraron mayor problema. Los cincuenta miembros de la comunidad se fueron acomodando debajo de las ramas más gruesas de guayabo. De pronto un enorme aguacero se dejó sentir. Las gotas parecían proyectiles que golpeaban con fuerza cada una de las hojas. El abuelo calmó los ánimos y les invitó a ser pacientes.

—Aprovechen este tiempo para descansar, tómenlo como un tiempo de refrigerio. Una vez pase la lluvia continuaremos —les dijo el Abuelo para animarlos.

La lluvia duró unos veinte minutos, algunos aprovecharon para dormir un poco. Ante el llamado del abuelo, emprendieron vuelo nuevamente. La lluvia refrescó la noche y animó a otros insectos a salir en el valle. Ninguno de estos representaba para ellos ningún problema, además que los cucubanos tenían por costumbre mantenerse enfocados en sus tareas y responsabilidades.

Mario y Rebeca, que volaban sobre los demás, en un momento dado pudieron divisar el vuelo diverso de un pájaro, no pudieron identificarlo bien, pero decidieron dar la voz de alerta. De forma expedita Mario y Rebeca se lanzaron en picada para encontrarse con el abuelo.

—Abuelo, nos pareció ver el vuelo diverso y algo errante de un pájaro que no podemos identificar —dijo Mario.

—Mario, ¿a qué te refieres con errante? —preguntó el abuelo.

—Su vuelo no era un vuelo directo, sino que se movía en forma abrupta, como algún tipo de zigzag —interrumpió Rebeca.

—Eso pudiera ser un... un murciélago — dijo el abuelo.

Su rostro lo dijo todo, una expresión de terror mezclada con miedo se dejó ver sin duda alguna. Mario nunca había visto al abuelo tan aterrado.

—Tenemos que volar entre la maleza, procurar que la yerba nos cubra de tal forma que no nos pueda atacar —señaló el abuelo.

De forma inmediata todos bajaron para volar como lo había señalado el abuelo. Pero volar entre la maleza requiere mucho cuidado y destreza. Lo manejaron haciendo un tipo de fila india e imitando los movimientos de los que tenían delante de ellos. Sobre la maleza sobrevolaba Mario y Rebeca, de pronto sintieron la presencia de un «pájaro» que les pasó muy cerca y que por puro reflejo pudieron esquivarlo. Era sin duda alguna un murciélago. Les pasó muy cerca y ellos lo vieron cuando se acercó a la maleza y pudo de forma magistral esquivarla.

De inmediato, y por instinto, Mario y Rebeca prendieron sus luces. Era importante que permanecieran juntos. El murciélago venía de nuevo en su dirección. Mario y Rebeca procuraron mantener la calma. No harían ningún tipo de movimiento hasta que estuviera lo mas cerca posible. Ellos decidieron mantener ocupados al murciélago para que de esa forma el grupo pudiera estar seguro. A lo lejos otro de los equipos se dio cuenta de lo que estaba ocurriendo, de forma inmediata fueron al rescate de Mario y

Rebeca.

Una vez más y de forma milagrosa pudieron esquivar a aquella pesadilla. Uno de los exploradores salió a toda prisa para informar al abuelo. La idea era que si podían volar sobre la maleza lograrían salir del valle lo antes posible. Junto a Mario y Rebeca había dos parejas más, todos estaban de acuerdo en cuanto a la estrategia, pero sabían que posiblemente no todos regresarían aquella noche. Pero el compromiso con la comunidad era mucho más importante, lograr salvar la vida de otros era suficiente motivación.

Regresó de nuevo el murciélago. Ellos se prepararon para evadirlo nuevamente, se colocaron a cierta distancia el uno del otro. Esta vez el objetivo no era Mario y Rebeca, sino el otro grupo. Pero en esta ocasión, el murciélago con su habilidad descifró el movimiento y con mucha fuerza pudo alcanzar a uno de los compañeros. Un sentido profundo de indefensión se apoderó de ellos, nada podían hacer. De forma rápida Mario salió al rescate del sobreviviente.

El murciélago le había golpeado con una

de las alas. Mario le vio caer sobre la yerba. El otro grupo que quedaba se mantuvo eludiendo al murciélago, pero ya habían agotado sus capacidades. Mario levantó al compañero y junto a Rebeca pudieron socorrerle. Lo elevaron y se quedaron entre la maleza. El murciélago se cansó de todo ese esfuerzo y descubrió a otros insectos que se movían en el lugar y decidió ir tras ellos.

—Ya se ha ido —dijo Mario con un suspiro.

—Tenemos que movernos rápidamente, hay que encontrar al grupo —comentó Rebeca.

Dicho esto, se movieron juntos en busca del grupo. Las dificultades no habían finalizado aun, al parecer todo había comenzado. El abuelo continuaba dirigiendo el viaje de la comunidad. Por dentro estaba lleno de incertidumbre y, cómo no, bastante miedo. Pero él prefería no demostrar sus miedos, había muchos que dependían de su liderazgo. Tenía miedo de que algo malo le hubiese ocurrido a Mario. Mario era su nieto, él lo había criado desde muy pequeño. Los padres de Mario no sobrevivieron a un terrible encuentro con un *Tyrannus*.

El abuelo decidió enviar a una pareja a investigar qué era lo que había pasado. Pero antes de dar la orden apareció el primer grupo que había sobrevivido al murciélago. Esperó que le dieran el informe. Ellos dejaron saber el cómo sobrevivieron al ataque. Además, que Mario y Rebeca estaban bien y que le habían dado cuidado a uno de los heridos por el murciélago. Al poco rato llegaron Mario y Rebeca junto al compañero herido. Cuando el abuelo lo vio sintió un aliciente, saber que estaba bien. Además, tuvieron que informar de la muerte de uno de los compañeros a manos del murciélago.

El abuelo estaba considerando parar para tomar un descanso. Dar la oportunidad de descansar a toda la comunidad, comer algo, refrescarse y seguir de nuevo la jornada. El abuelo sabía que el descanso no era un retraso para el viaje, todo lo contrario, ayudaba para renovar las fuerzas; y a la hora de enfrentar otro depredador tenían las fuerzas y el juicio necesarios para tomar las decisiones correctas. Como bien dice el proverbio popular: «Tomar tiempo para amolar el machete, no retrasa la zafra». De esa forma se detuvieron sobre lo que quedó de un árbol después del huracán. Un tronco que ya estaba muy seco. No era el mejor lugar, pero cumpliría su propósito.

El abuelo, mientras tanto, brindaba consuelo a la familia que en medio de la travesía había perdido un ser querido. Una vez habló con ellos reunió a toda la comunidad, recordaron al valiente caído y entonaron un cántico de reconocimiento a su valentía. Su nombre siempre sería recordado, y el próximo recién nacido llevaría el nombre del caído. De esa forma la comunidad procuraba no olvidar nunca a aquellos que valientemente dieron su vida por ellos. Pusieron a los familiares en medio de la comunidad, los rodearon y distintos miembros les ofrecieron palabras de aliento, para luego fundirse con ellos en un abrazo solidario. Mientras esto estaba ocurriendo, una sombra en movimiento pasó sobre ellos.

Los que hacían la guardia le notificaron de inmediato al abuelo:

—Señor, un pitirre se ha percatado de nosotros, nos ha sobrevolado en dos ocasiones y creemos que nos atacará.

Al ser de día tenían muchas cosas en su contra, la utilización de sus luces no serviría de nada. Tenían que moverse de forma inmediata de aquel tronco y buscar refugio en el suelo y procurar ocultarse entre la yerba y las hojas secas. El abuelo dio la orden, había que moverse rápido. Tres parejas fueron movilizadas como señuelos. La idea era poder desviar la atención del pitirre. Se mantuvieron juntos volando por encima de los miembros de la comunidad. Era una especie de sombrilla que evitaba que el pitirre viera el movimiento del grupo. Una vez todos estaban ocultos, los señuelos se elevaron aun más con la intención de ser vistos por el pájaro. Estos señuelos eran los cucubanos más rápidos y ágiles de la comunidad, sabían trabajar juntos y eran expertos en hacer peripecias en el vuelo.

De forma rápida fueron divisados por el pitirre que de forma aguerrida le fue al encuentro. Para el pitirre los cucubanos y otros insectos eran presa fácil. Su poderío y destrezas de vuelo eran insuperables. Se lanzó con todas las fuerzas sobre los señuelos. Los cucubanos se mantuvieron en su lugar sin hacer ningún tipo de movimiento. Uno de ellos dirigía la estrategia, no harían ningún movimiento hasta su señal. La estrategia era engañar al pitirre haciéndole pensar que los estaba tomando por sorpresa. De esa forma el *Tyrannus* rebosante de confianza y mucha prepotencia no mediría otro tipo de posibilidades. En este tipo de situaciones, como otros aspectos de la vida, uno de los mayores errores que se cometen es el subestimar a los demás. Disminuir al otro, reducirlo y posicionarnos sobre ellos como superiores. Esto tiene normalmente sus duras consecuencias. El *Tyrannus* lo aprendería ese día de la manera más difícil posible.

El *Tyrannus* se acercaba a una gran velocidad, el director de los cucubanos solo decía: esperen, esperen, esperen. Pero el pitirre se acercaba como un rayo. De pronto el director gritó «¡ahora!» Y en ese preciso momento todos los cucubanos se movieron a la izquierda, y acto seguido vieron al pitirre chocar con un alambre extendido a través de la yerba, que no pudo ver porque los cucubanos lo cubrían con su cuerpo. El *Tyrannus*, por estar enfocado solo en los cucubanos y su estado de presa fácil, pasó por alto un principio básico: «nunca menosprecies a tu adversario», el día que lo hagas será esa tu mayor debilidad. Tu talón de Aquiles.

El pitirre golpeó con mucha fuerza aquel alambre. Se observó cómo se le desprendieron algunas plumas. El ala del lado izquierdo sufrió la mayor parte del impacto y su cuerpo fue a dar contra el suelo. Los cucubanos se quedaron observando por unos segundos en busca de algún tipo de movimiento, pero no vieron nada. De forma inmediata se dio aviso al grupo y comenzaron a moverse en vuelo nuevamente. En el caso de los cucubanos, tiempo no equivalía a dinero. Por cierto, que dicho concepto no existía entre ellos. Para ellos tiempo era lo que podía hacer la diferencia entre la vida o la muerte. Por tanto, el tiempo era en realidad su valor más preciado. Llegar lo más pronto posible a la comunidad receptora era la prioridad número uno. El abuelo ya les había comunicado a los miembros del consejo que seguirían volando sin parar.

—No podemos parar, si nos detenemos

una vez más existe la posibilidad que no podamos completar la travesía —mencionó el abuelo.

Ya habían sido atacados de varias formas. Estaban en campo abierto, sin arbustos que los pudieran cobijar. Recordaba Ramiro, uno de los líderes del consejo que antes del huracán había estado en ese lugar, que estaba lleno de arbustos y árboles de ricos frutos. Era un paraíso en donde había abundancia de todo, pero ya no quedaba nada más; solo una alta yerba y cientos y cientos de troncos y raíces expuestas.

—Aquí vivía una comunidad de cucubanos, pero la mayoría había desaparecido y los sobrevivientes se habían unido a la comunidad receptora —dijo pensativo el abuelo.

Los señuelos que enfrentaron valientemente al pitirre estaban de vuelta. Con precisión le contaron al abuelo de su hazaña. El abuelo felicitó y alabó su valentía y la comunidad les entonó en vuelo el cántico de los héroes, pero sin percatarse que la historia del pitirre no había quedado allí. El pitirre fue a dar contra los alambres, una de sus alas se lastimó considerablemente y perdió una parte de su plumaje. Pero el mayor dolor que le tocaba soportar era su orgullo herido. Cuando golpeó contra la yerba luego de haber golpeado el alambre él sintió que tenía algo fuera de lugar. En efecto se había dislocado el ala izquierda.

En el suelo se estremecía de dolor, sabía que tenía que actuar rápido porque si esperaba un poco más sería peor. Por eso se colocó sobre su ala izquierda y, ante un dolor indescriptible, procuró que el ala volviera a su lugar. Luego de muchas lágrimas de sufrimiento lo pudo lograr. Su deseo de venganza estaba a un nivel tan profundo que sobrepasó el dolor que estaba sintiendo, y como pudo alzó el vuelo. El hambre se le había quitado. El asunto con los cucubanos ya no era un asunto de comida, era un asunto de venganza. Pero la venganza es un arma de doble filo. Voló como pudo y fue ganando altura en su vuelo con la esperanza de poder localizar al grupo de cucubanos. Una vez lo hiciera se había prometido a sí mismo que acabaría con cada uno de ellos.

—Los mataré a todos, lo van a lamentar profundamente —dijo con un gran coraje el

Pitirre.

El abuelo, por experiencia, había aprendido a no cantar victoria sobre los enemigos de forma rápida. Conocía de la capacidad de resiliencia de algunos pájaros y de lo aguerrido que eran, en particular los pitirres. Los pitirres eran aves sin miedo a otras aves, ni tan siquiera se dejaban amedrentar del terrible guaraguao. Por eso le pidió a Mario que junto con Rebeca se mantuvieran alerta y volando sobre ellos. Al grupo le dio instrucciones que si fueran atacados se dividieran en los llamados «grupos vitales». Estos grupos vitales se agrupaban por unas características particulares, contenían en ellos mismos los elementos indispensables para mantener la especie y poder comenzar de nuevo en cualquier lugar. Esa estrategia era la estrategia más radical que podían manejar como grupo.

Cada grupo vital, en este caso, se componía de doce participantes y en un ataque cada grupo se movería en dirección a uno de los puntos cardinales. Desde el centro cada uno tenía asignado hacia dónde volar. Estos grupos se escogían entre los miembros más veloces y valientes y su composición era de varones y hembras. Ellos tenían sobre sus hombros la responsabilidad de mantener viva la herencia y la memoria de la comunidad.

El pitirre mantenía su rumbo sin dejarse perturbar por nada, su mente estaba fija solamente en la posibilidad de la venganza. Los centinelas lo vieron a la distancia, advirtieron de inmediato al abuelo. De forma inmediata buscaron refugio, pero el pitirre los pudo ver a lo lejos, ya había divisado dónde se habían ocultado y con toda su fuerza y coraje cayó sobre ellos. En aquel momento todo pareció ir en cámara lenta. De una sola envestida el pitirre le echó mano a todo un grupo. Los grupos vitales volaron cada cual en la dirección que se le asignó. El abuelo trató de salvar a los que más pudo, pero el pitirre no daba tregua. Cuando de pronto ocurrió lo impensable... el abuelo fue devorado de un solo golpe y los que observaban sin poder defenderse sintieron muy cerca el fin de sus días.

Mario y Rebeca procuraron salvar a todo los que pudieron, más de quince murieron en aquel momento. El pitirre satisfecho en su ego se marchó, y al momento algunos que se habían escondido debajo de las hojas salieron a la superficie. Mario no lo podía creer, no podía creer que el abuelo ya no estaba. No pudo contener las lágrimas y lloró sin parar, y los sobrevivientes lloraron con él. El abuelo era el arquitecto de aquella travesía, había previsto cada asunto, ¿cómo lo podrían hacer sin su presencia?

El surgimiento de un nuevo líder

Mario experimentaba en su interior un vacío profundo. De pronto se sintió sin dirección. Era una especie de aturdimiento mezclado con una angustia inimaginable. El abuelo fue quien lo crio. Sus padres murieron frente a un murciélago, lo hicieron salvando la vida de otros y otras. Eran siempre recordados como héroes en la memoria colectiva de la comunidad. Pero Mario no tenía memoria de ellos, apenas tenía unos meses de nacido cuando todo ocurrió y desde entonces siempre estuvo acompañado del abuelo. Por eso, para él era una tragedia incalculable. Pero a su vez sabía que necesitaba ocupar su lugar para el beneficio de la comunidad. Sin embargo, Mario era muy distinto al abuelo. Él no tenía ese don de palabras y esa destreza como líder que lograba la admiración de los cucubanos a su alrededor. Mario era más pasivo, prefería estar solo. Se consideraba un seguidor, no un líder. En el equipo de trabajo que formaba con Rebeca, era ella quien asumía el rol de líder y él sin problema le seguía. Rebeca también había perdido a alguien, su hermano mayor, un cucubano valiente y extraordinario.

—Todos estamos asustados y nuestro corazón está muy dolido y triste por lo que ha ocurrido. Pero es necesario que nos pongamos de pie y continuemos nuestro camino. Si nos quedamos aquí de seguro moriremos —con esas palabras Rebeca se dirigió a los que habían quedado de la comunidad.

Ellos la miraron sabiendo que ella tenía toda la razón. Mario fue el primero en ponerse de pie y los demás hicieron lo mismo. Decidieron salir del lugar donde estaban y buscar un lugar donde pasar la tarde, botar el golpe, reenfocarse y continuar el camino. Mario, aunque era muy valiente, su habilidad no era la de dirigir, y de los que habían quedado, alrededor de quince, ninguno estaba dispuesto. Rebeca sin temor asumió el rol de líder. Mario de forma inmediata le brindó su apoyo. Rebeca desde ese momento se convertiría en la líder de los cucubanos y sería la primera hembra que asumía esa posición.

Rebeca se fue al frente del grupo, de forma inmediata puso a dos de ellos en la retaguardia para que pudieran alertar de cualquier ataque. Dos volaban por encima del grupo como señuelos. Para los cucubanos estar dispuesto al sacrificio por los demás era un valor que habían aprendido desde niños. Se les educaba a colaborar, no a competir. Aprendían que cada uno de ellos era vital para la vida y seguridad de la comunidad. La individualidad se fomentaba, el desarrollo y crecimiento personal también. Pero se hacía como una herramienta que ayudaba al grupo en alcanzar un mejor futuro. Si logramos que cada individuo alcance su mayor potencial entendiendo el gran valor del servicio, entonces lograremos tener comunidades exitosas.

El concepto de líder entre ellos era un tanto distinto a otros grupos de insectos. Para ellos el líder era un miembro activo de la comunidad que poseía unas características de liderazgo, y que en lo práctico del diario vivir lo había demostrado. El líder no era un título electo o nombrado por algunos. El ser líder era la ruta más lógica para aquellos en la comunidad que poseían los talentos y el corazón. Los que ejercían el liderazgo no se sentían poseedores de su posición, no la defendían ni la escudaban. No tenían que advertir a los demás que ellos eran los líderes, porque sabían que esa misma comunidad le había reconocido sus talentos. Las tomas de decisiones no era una cuestión personal sino colectiva. Solo en los momentos de crisis los líderes tenían la posibilidad de tomar decisiones de forma inmediata. Los líderes no vestían colores particulares, ni se sentaban en sillas especiales, ni tan siquiera se les otorgaba un título distinto. La comunidad los conocía por su nombre y por sus destrezas.

Por eso Rebeca no tuvo problema alguno en tomar las riendas de la comunidad. El grupo conocía de sus capacidades como líder y de su compromiso con el servicio a la comunidad. Por eso Mario la siguió, porque Mario sabía bien cuál era su lugar, se conocía a si mismo y esto le brindaba seguridad. En la historia de los cucubanos en una ocasión se dio un conflicto por el poder entre dos candidatos y la comunidad no decidió por ninguno de ellos. Prefiriendo para la posición a aquel que no tenía ningún interés personal en ser el líder. En algunas ocasiones cuando los líderes entendían que no podían servir bien a la comunidad, pedían ser sustituido por aquel o aquella que la comunidad escogiera.

Salieron todos de aquel terrible lugar. Lugar que sería recordado siempre, cada uno de los que allí murieron se mantendrían vivo en la memoria de la comunidad y en sus cantos. Cantarían sus nombres y proezas. Siguieron la ruta que había preparado el abuelo. Ya era tarde y la noche dentro de pronto tomaría control. Estaban muy cansados, pero no podían parar, ya quedaba poco para salir del valle. A lo lejos se podía divisar los árboles y arbustos. Al verlos Rebeca sintió un profundo alivio. Los árboles y arbustos le brindaban una cierta protección natural, un escudo contra sus enemigos. Mario por su parte iba pensando en los grupos vitales que salieron cuando se sufrió el ataque. ¿Dónde estarán? ¿Qué les habrá pasado?

Los grupos vitales salieron cada uno en la dirección asignada, volaron lo más rápido que pudieron y buscaron refugio para descansar. Los que volaron rumbo al este y el oeste tuvieron que detener su vuelo. La geografía del lugar, las paredes rocosas en cada lado del valle, les hacía imposible continuar el vuelo. Ellos entonces desviaron sus caminos y decidieron regresar por otra dirección a la comunidad de Lucas. Los que salieron al norte y al sur siguieron su camino. Los del sur serían los primeros en entrar en contacto con la comunidad de Lucas, pero aún ese encuentro no se había dado. Estaban tan agotados que buscaron refugio y se quedaron profundamente dormidos. Para los que volaron al norte la historia fue distinta, fueron atacados por un grupo de gorriones, no pudieron evitarlo, aunque hicieron lo posible para salir airosos.

Rebeca había logrado salir del valle, se adentró con el grupo con mucho cuidado. Ella y Mario tomaron la delantera para verificar que todo estuviera bien, los árboles y arbustos también servían de refugios a todo tipo de pájaros. Verificaron y todo estaba bien, solo se encontraron un grupo de abejas que les pasaron por el lado; pero las abejas pasaron de largo, absortos en su mundo y realidad. Rebeca y Mario regresaron a buscar a los demás, el lugar era seguro. Se refugiaron en un árbol que tenía una rama hueca, era el lugar perfecto para ellos. El cansancio era mucho más de lo que el grupo podía manejar. Por experiencia sabían que el cansancio que tenían los hacía muy vulnerables a cualquier enemigo.

—Nos quedaremos aquí durante dos días. Descansaremos, nos alimentaremos bien y retomaremos nuestro camino. Descansemos un rato y luego nos reuniremos para dividir las tareas y formar un nuevo consejo —estas fueron las instrucciones que compartió Rebeca.

Los miembros del grupo la miraron, asintieron con sus cabezas y buscaron un lugar en el cual poder descansar. Mario se acercó a Rebeca y le dio las gracias por estar a cargo y por su valentía. Rebeca le sonrió. Se sentaron uno al lado del otro y en pocos segundos se quedaron dormidos. Pasaron unas horas, abrieron sus ojos y ya era de noche. La noche era para el cucubano el mejor momento del día. Rebeca convocó a la comunidad, tan solo quedaban menos de veinte miembros, más de la mitad habían muerto, ese panorama era desalentador. Una vez reunidos se miraron unos a otros y un sentido de desesperanza les invadió el corazón. Tan solo ellos quedaban, todos los allí presentes habían perdido a alguien querido, todos estaban de luto.

Rebeca se dirigió a ellos y les dijo:

—A muchos de nosotros nos ha tocado vivir uno de los peores momentos en nuestras vidas. Estamos llenos de miedo y de mucha pena. En situaciones similares es posible que perdamos la esperanza y que nos demos por vencido. Pero nosotros no somos cualquier comunidad, nosotros somos los cucubanos. Somos un pueblo determinado y valiente. Es por eso por lo que necesito de ustedes su fuerza y determinación. Necesito que me acompañen en hacer realidad el sueño de todos, cruzar al otro lado y comenzar de nuevo. Para eso es necesario asignar tareas y responsabilidades. Necesitamos organizarnos y tenemos que insistir en la esperanza. Si perdemos la esperanza, perdemos el sentido de seguir luchando. Somos un pueblo, somos una familia.

Una vez Rebeca terminó su discurso, uno de los ancianos de la comunidad pidió la palabra.

—Puedes contar siempre conmigo en todo aquello que necesites. Te veo y veo a tus padres, veo incluso a tu abuelo. Lo conocí cuando yo era un joven, un cucubano valiente y muy inteligente. Es para mí un honor formar parte de esta comunidad —dijo el anciano.

—Agradezco cada una de sus palabras, si nos mantenemos unidos como un solo cuerpo nada podrá detenernos —puntualizó Rebeca.

De forma inmediata delegó en los cucubanos que buscarían alimentos, los que harían guardia durante la noche y pidió a la comunidad que nombraran tres miembros para el consejo. Fueron nombrados de forma inmediata, tres miembros destacados, dos hembras y un varón.

La posición de varón y hembra en la comunidad era más una distinción biológica y física que cualquier otra cosa. La comunidad no hacía ninguna distinción entre uno y otro. Una hembra podía dirigir a la comunidad como quedarse a cuidar a los pequeños, de igual forma un varón. No existían tareas de varones y tareas de hembras. No tenían reyes o reinas, no aceptaban jerarquías o divisiones de poder. Las posiciones eran de servicio y por ese servicio se les delegaba una autoridad para ejecutar el servicio. Esa libertad les permitía una convivencia justa, llena de respeto y esto derivaba a una buena salud mental.

La opinión de todos era escuchada y valorada y al final la comunidad tomaba sus propias decisiones. Aun los niños y niñas formaban parte de los procesos decisionales en la comunidad. Ellos no eran la comunidad del mañana, eran la comunidad presente y su opinión era muy importante. Pero esa dinámica comunitaria de igualdad y respeto no siempre fue así. Muchos años antes, en la época de los abuelos se luchaba de diversas formas para tener el poder y ocupar los primeros lugares. Esto produjo mucho dolor y divisiones.

En una ocasión el conflicto fue tal, que una de las mayores comunidades de cucubanos se vio envuelta en una lucha interna, que terminó en la muerte de muchos. La comunidad se dividió y por dividirse pagaron el precio de la vulnerabilidad y los depredadores se dieron gusto con sus miembros. Los que quedaron de ambos grupos decidieron volver a reunirse, los líderes que luchaban por el poder ya no estaban. Escogieron por consenso un líder justo para todos y desde entonces se evita a toda costa cometer un error semejante.

Cuando la comunidad ve a alguien deseoso de poder, lo mantiene alejado hasta que aprenda la importancia de tener un corazón de siervo. Su forma de pensar les decía que, si alguien llegaba a entender que debería dirigir a otros y otras, en realidad no estaba preparado para dirigir a otros y otras. La importancia de la opinión de los niños y niñas como parte importante de la comunidad también tiene su historia. Se cuenta que en una ocasión un grupo de niños se juntaron y pudieron evitar el ataque de unos pájaros. Su valentía y capacidad para armar su estrategia les ganó el respeto entre los mayores. Por eso para ellos los niños y niñas formaban parte esencial de todos los proyectos y estrategias como comunidad.

Desde pequeños se les enseñaba responsabilidad y servicio. Cada uno de ellos de ellos tenía una tarea que cumplir en la comunidad; desde aquellos que compartían el agua, ayudaban con los alimentos y la limpieza del lugar. Se les enseñaba a defenderse de los depredadores y sobre todo el respeto y la igualdad. Se podía oír con frecuencia a algunos de los maestros y maestras decirle a los estudiantes que entre ellos no existen tareas de varones o hembras, no existe el pensar que el varón es mejor o que la hembra es mejor. Todos somos iguales, todos tenemos las mismas responsabilidades y todos y todas tenemos el mismo valor. De esta forma fueron desarrollando una sociedad donde brillaba la equidad, el respeto y la justicia.

Claro está que no eran una sociedad perfecta, no existe tal cosa. Pero tenían como norte que entre ellos pudiera prevalecer los altos valores de la comunidad. Cuando se presentaban problemas entre ellos ponían a juzgar a los ancianos y ancianas de la comunidad. Cuando los problemas eran entre los niños o niñas, se buscaba entre ellos aquellos que pudieran juzgar y decidir sobre los asuntos. De esa forma desde pequeños aprendían la importancia de la justicia.

Los que habían salido por comida habían regresado con abundancia de ella. Cuando llegaron ya la mesa estaba lista, en ella se colocaron todo lo encontrado. Su mesa era distinta a las nuestras en cuanto a forma, pero tenía un alto peso y significado. Era una mesa redonda, donde nadie sobresalía, todos y todas eran iguales. Era una mesa de respeto, celebración y agradecimiento. En la mesa se procuraba que todos comieran sin distinciones o preferencia. Era el tiempo predilecto de la comunidad. Las historias se contaban con libertad y emoción, se hablaba de los proyectos, los sueños y la esperanza. Los niños y niñas no cesaban de hacer preguntas y los mayores no paraban en responderlas.

La sobremesa duraba en realidad más que la comida. Era común permanecer a la mesa en ocasiones varias horas. En ocasiones la mesa era incluso un tiempo de reconciliación y paz. Para la preparación de la mesa colocaban unas pequeñas ramas en el suelo del lugar y luego lo cubrían con hojas nuevas y limpias, sobre ellas colocaban los alimentos. Los cucubanos, una vez colocadas los alimentos, se acercaban y todos participaban juntos de aquel evento. Esa mesa estaba abierta para todos, aun para aquellos que la comunidad entendía que no podían permanecer con ellos. Era su práctica que antes de exiliar algún miembro por comportamiento que ponía en peligro el futuro de la comunidad, se le invitaba a participar de la mesa. Se hacía con la esperanza que pudiera arrepentirse de su conducta y pidiera la clemencia de la comunidad.

En ocasiones esto había tenido éxito. El cucubano pedía la palabra, la comunidad lo escuchaba atentamente y entonces confesaba sus faltas. Decía cómo pensaba enmendar lo que había hecho y pedía la clemencia de la comunidad. Para obtener la clemencia de la comunidad su petición de clemencia tenía que ser aceptada por alguien de la comunidad que no fuera familia. Ese miembro de la comunidad se levantaba y avalaba las palabras. Personalmente se hacía responsable del arrepentimiento del penitente. Cuando esto ocurría la comunidad comenzaba el cántico del himno que recordaba la historia de la comunidad. Si no cumplía su palabra, el que se hizo responsable tenía que sacarlo de la comunidad sin oportunidad al regreso. De esos casos no habían ocurrido muchos, pero eran suficientes para crear una profunda impresión en la comunidad.

Llegada la noche decidieron juntarse para cantar la historia de la comunidad y recordar a sus heroínas y héroes. Cada nombre se iba insertando en aquella melodía que procedía de lo más profundo del alma. En un momento sintieron que la lista parecía interminable. Muchos cantaban con los ojos llenos de lágrimas, Mario era uno de ellos. El abuelo era el único familiar directo de Mario, cuando lo pensó su corazón se llenó de mucha pena, pero miró a su alrededor y sintió el amor y la solidaridad que se sentía en aquella comunidad. Terminaron su canción y guardaron silencio. Poder oír la noche con su cántico, era una parte importante en su desarrollo como individuos.

Aprender a escuchar era más importante que ser escuchado. En medio de ese silencio, pudieron escuchar un pequeño zumbido, era un sonido que ellos conocían, unas voces se hicieron oír, eran voces conocidas. Mario encendió su luz y se elevó por encima de la comunidad, de pronto de las tinieblas de la noche aparecieron dos de los grupos vitales. La comunidad no lo podía creer, las lágrimas y sonrisas se entremezclaron. Volver a verlos cuando se había perdido toda esperanza fue una señal de ánimo. Rebeca quiso reunirse con ellos para conocer de primera mano lo que había ocurrido. Ellos le contaron el cómo se habían encontrado y lo que le había pasado a los demás. Guardaron silencio por un momento, el recuerdo de los que no pudieron regresar siempre provoca un enorme dolor y tristeza. Pero sus nombres nunca serían olvidados, su contribución permanecería siempre entre su pueblo.

Rebeca les habló con la intensión de animarlos y brindarles esperanza. Les recordó la importancia de lo que estaban haciendo, ese viaje era su única esperanza. Por tanto, era necesario reenfocarse y sobreponerse a las diversas crisis que tuvieron que enfrentar.

—Sin duda alguna nos ha tocado como comunidad vivir posiblemente uno de los momentos más difíciles, y tenemos aun delante de nosotros un enorme reto. La supervivencia de la comunidad depende de nosotros. ¡Levantemos el ánimo y pongámonos de camino! —les exhortó Rebeca.

Enfrentando la adversidad

Rebeca sabía que cada minuto era de vital importancia, permanecer más tiempo donde se encontraban era demasiado peligroso. Así que se dirigió a ellos nuevamente:

—Tenemos que ponernos en marcha, si no nos movemos podemos morir.

Paso seguido decidió dividir a la comunidad en dos grupos. Les instruyó que ante un ataque volaran en dos direcciones distintas. Mario estaría al frente de unos de los equipos. La idea era que se pudieran salvar algunos. Una de las cosas que ocurre cuando vives y caminas muy cerca de la muerte, es que comienzas a valorar cosas que antes no valorabas. Cada día se convierte en un hermoso regalo y oportunidad.

Rebeca reunió al consejo, les habló de salir mañana a primera hora. Les dijo:

—Hemos pasado un hermoso tiempo en

este lugar, pero es preciso que continuemos nuestro camino.

El consejo estuvo de acuerdo. El grupo era ahora de veinte miembros. Claro que veinte es mejor que quince, pero perder más de la mitad de la comunidad era muy duro. Decidieron ir temprano a dormir, mañana sería un largo día. La meta era completar la travesía al otro día. Rebeca entendía que dilatar más la travesía podía convertirse en una muerte segura. La noche pasó sin mayores percances, solo un aguacero que llegó refrescó la noche y les dio suficiente agua para tomar y disfrutar.

Llegó la mañana siguiente y según lo acordado se pusieron en marcha. Rebeca iba a la cabeza y Mario, su inseparable amigo, le seguía de cerca. Decidieron poner velocidad al vuelo y volar lo más cerca del suelo posible. Ellos no podían darse el lujo de un nuevo ataque. Rebeca presionó el vuelo y todos los demás trataron de mantener el paso. Los pequeños cucubanos eran ayudados por sus padres. Una de las preguntas que se hacían Rebeca y Mario era acerca de Lucas. No tenían noticia alguna acerca de él, y menos de la comunidad. Pero en el fondo presentían que esas preguntas pronto tendrían respuesta.

Se mantuvieron en curso, el sol los castigaba con mucha fuerza y el viento había dejado de soplar. La fatiga comenzó a apoderarse de los viajeros, sobre todo los más pequeños. El agua que habían guardado de la noche anterior ya estaba escaseando, pero no había tiempo para parar en busca de agua o algún néctar.

—Rebeca, me preocupan los más pequeños. El calor es demasiado y sin suficiente agua podemos perder a algunos de ellos —dijo Mario con profunda preocupación.

—Lo sé Mario, pero si paramos posiblemente no podamos completar el trayecto —dijo Rebeca.

Mario le dijo:

—Tengo una idea, que tal si me das dos de los compañeros o compañeras más veloces. Podemos desviarnos un poco, buscar agua y alcanzarles en el camino. ¿Crees que podrías reducir la velocidad un poco? De esa forma nos ayudas para alcanzarles y le das un descanso a los demás.

Rebeca estuvo de acuerdo. Le asignó a dos de los más veloces. Mario y sus compañeros se salieron de la formación. El grupo continuó su marcha. Ellos tenían una gran encomienda, encontrar agua o néctar para ayudar a la comunidad. Volaron en línea recta entre la maleza, ya que decidieron elevarse por encima de la maleza con la esperanza de tener una mejor perspectiva. La idea rindió fruto. Pudieron divisar un árbol de algarrobo que estaba florecido. Se dirigieron hacia el árbol a toda velocidad y para su alegría estaba llenó de néctar. Ya un grupo de abejas disfrutaban el banquete. Había tanto néctar que las abejas ni se dieron por enteradas de la llegada de los cucubanos. Ellos de forma inmediata llenaron sus recipientes de néctar, tomaron un poco para ellos y de forma inmediata sintieron cómo la azúcar del néctar les renovaba las fuerzas.

Cumplida su misión, se enfilaron nuevamente a toda velocidad para alcanzar al grupo. Volaron lo más rápido que podían, y en verdad sus compañeros eran muy veloces, Mario estaba teniendo dificultad en seguirles el paso. Mantuvieron su vuelo a la misma velocidad por unos veinte minutos y para su sorpresa pudieron alcanzar al grupo. Rebeca se llenó de alegría al igual que la comunidad. De forma inmediata y en pleno vuelo se les dio néctar a los niños en primer lugar, luego a los más ancianos y así sucesivamente. Fue bastante compleja toda la operación, pero pudieron hacerlo y mantuvieron la meta de no parar de volar. Fue una movida riesgosa, pero pudieron lograrlo. Pero se le notaba el cansancio a cada uno.

Ya estaban cerca de entrar a los nuevos territorios, era el lugar en donde se encontrarían con Lucas. El lugar era hermoso, era la falda de la montaña, estaba cubierta de mucho follaje, todos se quedaron maravillados, era sin duda alguna un lugar ideal para poder comenzar. Volaron para adentrarse más, esquivaron algunas telas de araña y pudieron visualizar el lugar que les había dicho al abuelo. Era una roca enorme que estaba partida a la mitad, tenía pintada un tipo de símbolo, posiblemente el dibujo de algún taíno. Decidieron detenerse cerca de la hendidura de la roca. Miraron alrededor para ver si podían ver a Lucas, pero no había nadie.

Rebeca le dio instrucciones a Mario que juntara un equipo para inspeccionar el área. Mario de forma inmediata salió con un grupo para la inspección, volaron en cada dirección por unos cinco minutos, lo hicieron hacia cada punto. El lugar era hermoso, era el hogar de otros insectos. Los insectos por naturaleza no se afectaban los unos a los otros, procuraban darse su espacio y no molestarse mucho. Luego de que volaron en las distintas direcciones regresaron. Sus noticias eran en cierta manera agridulce. El lugar era muy adecuado, un paraíso para ellos, pero no vieron por ningún lado a Lucas. Lo que ellos no sabían era que Lucas había sido atacado también y que tuvo muchas pérdidas. Ante tantas pérdidas tuvo que detenerse unos días.

—Rebeca, ya volamos por toda el área, el lugar es perfecto, pero no vimos a Lucas por ningún lado —dijo Mario.

—Eso me temía —respondió Rebeca—. ¿Qué tal si tuvo dificultades al igual que nosotros?

—Es posible —afirmó Mario—, es posible. Quizás deberíamos enviar un equipo de búsqueda y rescate.

Rebeca lo miró y estuvo de acuerdo. Mario escogió tres cucubanos y salió con ellos para buscar a Lucas.

Rebeca le dijo antes de salir:

—Mario, necesito que estés aquí mañana antes del mediodía. Si no has llegado tendré que mandar alguien a buscarte, y eso nos complicaría la situación.

—Está muy bien Rebeca, no me correré riesgos innecesarios. Estaré aquí mañana antes del mediodía —respondió Mario, le dio un abrazo y se marchó.

Salieron en dirección al norte, lo hicieron por instinto, en realidad no sabían bien dónde buscar. Pero la suerte pronto les estaría sonriendo. Mientras, Rebeca le pidió a un equipo que entrara en la hendidura de la roca para explorar si se podía habitar. Entró el equipo y descubrió un lugar muy adecuado, un tanto oscuro pero seco, ideal para establecer allí su comunidad y estar protegidos. Una vez Rebeca recibió el informe que el lugar era seguro decidió entrar con el grupo. A la entrada se quedaron los centinelas que prestarían vigilancia por si aparecía alguien de la comunidad o cualquier enemigo inesperado.

La hendidura era un mundo en sí mismo. La vegetación se había abierto brecha y logrado crecer, el lugar inspiraba tranquilidad y confianza. La comunidad se sintió segura y pronto comenzaron a ubicarse conforme a las instrucciones de Rebeca. La mayoría de ellos estaba tan y tan agotados que solo pusieron sus pequeñas patas y al momento ya estaban durmiendo. Solo Rebeca se mantuvo despierta, satisfecha de haber encontrado el lugar y preocupada a su vez de no saber acerca de Lucas, pero aún más que Mario fuera en su búsqueda.

La búsqueda

Mario y su equipo de búsqueda y rescate habían avanzado en cubrir el área y hasta ahora nada habían podido alcanzar. El tiempo que tenían era limitado y necesitaban hacer el mejor uso posible de su tiempo. Mario dividió el grupo en dos para cubrir dos áreas en vez de una. Esto en el fondo no le agradaba mucho, pero debido a la circunstancia era entendida como la mejor decisión.

—Nos veremos aquí al medio día. Lo haremos no importa si hayamos encontrado algo o no —les informó Mario.

Salieron en sentidos opuestos, unos en dirección este y otros al oeste. Mario se fue en dirección este. Por alguna razón Mario siempre procuraba ir en esa dirección. No lo había notado hasta ese preciso momento. Lo pensó, pero no le brindó mucha importancia. Volaron sin parar en esa dirección. Volaban por encima de los arbustos y la yerba. Pero decidieron descender un poco y volar entre los arbustos. Lo hicieron porque vieron a lo lejos lo que parecía eran unos pitirres anidando. Cuando lo notaron no pudieron evitar llenarse de miedo. Conocían de primera mano el daño terrible que le podían ocasionar.

Se metieron entre los arbustos y redujeron la velocidad de vuelo. Cuando se iban acercando a los pitirres pudieron divisar entre la yerba a una pareja de centinelas del grupo de Lucas. Los centinelas a través de señas les advirtieron del peligro de los pitirres, pero el grupo de Mario ya tenía conocimiento. Mario se alegró mucho en encontrarles. Les dijo que formaba parte del grupo del abuelo, que habían salido a encontrarse con Lucas. Los centinelas asintieron con sus cabezas dejando ver que tenían conocimiento, pero no dieron información alguna.

Uno de los centinelas se fue con Mario y su grupo para mostrarles el camino. Se movieron entre la yerba. De pronto, en medio de la vegetación, encontraron un pequeño arbusto plagado de muchas espinas. Era una especie de zarza que servía de fortaleza al grupo de Lucas. Un grupo pequeño salió a su encuentro. Les recibieron con alegría, pero ninguno entre ellos se presentó como Lucas. Mario les saludó con entusiasmo a la misma vez que preguntaba por Lucas. Los líderes se miraron unos a otros sin saber cómo responder a la pregunta. Solo le dijeron que los acompañara. Mario un poco confundido los acompañó. Mientras caminaban pudo observar a una comunidad pequeña, posiblemente de unos sesenta miembros, y entre ellos varios heridos. Mario de forma inmediata pregunto:

—¿Qué ha pasado con ustedes?

—Nos atacaron con fiereza varios pitirres. Sin percatarnos nos acercamos demasiado a uno de sus nidos. La mayoría de la comunidad murió en el ataque —dijo con melancolía uno de los acompañantes.

Mario solo guardó silencio, sabia muy bien lo que eso significaba y el dolor que provocaba en lo profundo del corazón. Frente a Mario había una comunidad que había sobrevivido a la tragedia, y que sentía una mezcla de sentimientos difíciles de descifrar. Los miembros de la comunidad que acompañaban a Mario se detuvieron en el tallo de la planta que les servía de refugio. Allí observaron a un cucubano indefenso que se debatía entre la vida y la muerte. Era el famoso Lucas. Mario lo miró con los ojos llenos de tristeza y desilusión. La comunidad había hecho todo lo posible para mantenerlo vivo, tan solo estaban esperando un milagro. No podían moverlo del lugar, por eso se habían refugiado allí y estaban esperando para ver qué podía ocurrir con Lucas.

Mario se sintió admirado por la devoción de la comunidad a su líder. Lucas les dirigió por muchos años y arriesgó su vida en múltiples ocasiones. Por eso ninguno de los miembros de la comunidad había tomado la posición de líder. Sentían que al hacerlo estaban traicionando a Lucas.

Mario de forma inmediata les dio instrucciones a sus compañeros:

—Necesito que acudan al encuentro de los otros compañeros en el lugar que acordamos, una vez allí regresen conmigo. Vayan con mucho cuidado.

Ellos salieron de forma inmediata para encontrarse con los demás. Mario se dirigió a los miembros del consejo de la comunidad y les dijo:

Es imposible para ustedes continuar en esta situación. Cada día que pasen aquí exponen a la comunidad a la aniquilación. Cada vez que alguno se aventure a buscar comida o agua sufrirá el ataque del pitirre. Además, que vivir bajo asedio tiene un impacto muy profundo en el alma de la comunidad. Esa presión emocional terminará matándolos por dentro. Es necesario que actúen de forma inmediata.

—Lo sabemos querido amigo. Nuestra comunidad vivía en un hermoso lugar. Teníamos de todo en abundancia, si bien muchos habían muerto por el Gran Huracán, la vegetación se había regenerado de forma impresionante. Pero los elementos naturales que nos protegían sufrieron mucho y les tomó más tiempo en sanar. Esto nos expuso demasiado a los enemigos y tuvimos que salir huyendo. Lucas siempre nos hablaba de la importancia del encuentro entre nuestras comunidades como un mecanismo importante para sobrevivir —dijo en tono reflexivo uno de los miembros del Consejo.

—Por lo visto Lucas está muy mal, y se ve

distante de una recuperación que le ayude a estar al frente de la comunidad. Les recomiendo que elijan a un líder de forma temporera, que pueda estar al frente para la toma de decisiones y coordinar un nuevo éxodo. Nuestra comunidad ha encontrado un lugar seguro y de recursos abundantes. No podemos olvidar la visión y sueño de nuestros queridos líderes. Hoy más que nunca hace sentido la necesidad de juntar nuestros esfuerzos para poder sobrevivir. Ambas comunidades han sufrido mucho y ambas tenemos los recursos para triunfar sobre esta circunstancia. Me parece que Lucas, al igual que el abuelo, desearían que continuemos con el proyecto. No olviden que de este proyecto depende nuestra existencia —les dijo Mario con profunda convicción y seriedad.

Tienes toda la razón y lo sabemos. Reuniremos al Consejo para tomar una decisión —le dijo otro de los miembros del Consejo.

No quiero ser descortés ni insensible a su situación, pero cada minuto que pase sin hacer nada, es un minuto menos que nos queda para poder sobrevivir —comentó

Mario con mucha firmeza.

Los miembros del Consejo se movieron rápidamente. Salieron en busca de uno de los miembros que no estaba presente porque estaba atendiendo junto a otros, a muchos de los heridos. El reto que tenían delante de ellos era monumental. Tenían que mover a muchos heridos a través del campo de los enemigos. Para los cucubanos cada miembro de la comunidad tenía la misma importancia. Existía una enorme responsabilidad de unos a otros. Ese era el gran reto, poder mover a cada uno de ellos hasta su nueva casa.

Mario necesitaba llegar hasta donde Rebeca. El tiempo se iba acortando. Pero se mantenía a la espera de su equipo. Mientras, Mario recorría el área de la comunidad y fue a ver la situación de los heridos. Allí le preguntó a uno de los encargados para saber cuántos heridos tenían y la condición de cada uno. Eran siete heridos, incluyendo a Lucas, dos de ellos de gravedad, esos no podrían sobrevivir a un traslado.

Antes que llegaran los miembros del consejo con una decisión, el equipo de Mario estaba llegando. Le causó mucha alegría a

Mario saber que estaban bien. Les saludó en forma efusiva.

—Descansen un poco. Estoy a la espera de la decisión del Consejo, una vez la tengamos saldremos conforme lo acordamos con Rebeca —les compartió Mario.

Además, los puso al día de las circunstancias y los heridos.

—¿Qué podemos hacer? —preguntó uno de los del equipo de Mario.

—Creo que deberíamos mover a la mayor parte de la comunidad posible, junto con aquellos heridos que podamos mover. Con los heridos que no podemos mover al momento, podemos dejar a un equipo de auxilio para que les cuide hasta que llegue el momento —dijo Mario.

Mientras hablaba aparecieron los miembros del Consejo para compartir su decisión con Mario.

—Nos reunimos como Consejo y consultamos también a los miembros de la comunidad. Si bien es cierto que nuestra seguridad como comunidad está comprometida y esto pone en peligro nuestras vidas, existe entre nosotros unos acuerdos como comunidad que nos han servido durante muchos años. Siempre nos hemos mantenido unidos y solidarios. Nunca hemos abandonado ni dejado atrás a ninguno de nuestros miembros. Ese tipo de acuerdo tiene en realidad sentido en estos momentos de la vida. Porque es en estos momentos de la existencia, cuando se determina cuán honorables o no podemos ser, y si somos capaces o no de cumplirlo. Si no lo podemos cumplir, entonces no existe en realidad lo que es una comunidad. Nos mantendremos con nuestros heridos graves como comunidad. Lo que sí haremos para garantizar nuestra existencia, es enviar con ustedes a nuestros niños y a aquellos heridos que puedan con ayuda hacer el viaje. Los demás nos mantendremos aquí hasta encontrar otra salida —dijo uno de los miembros del Consejo.

Mario los escuchó, sabía que esa determinación no tenía contraargumento. Era una decisión final y él, a pesar de pensar distinto en algunas cosas, tenía que aceptarla. Además, que sabía que tenía que moverse hacia donde Rebeca.

—Respeto su decisión como comunidad. Nosotros estaremos saliendo de inmediato para regresar a nuestra comunidad antes que se cumpla el tiempo que se nos asignó —respondió Mario con mucha seriedad.

La comunidad juntó a todos los niños y niñas. Los heridos saldrían en un grupo aparte. La idea era siempre evitar poner en peligro a ambos grupos. Mario dividió a su equipo nuevamente. Envió a su ayudante al frente con los niños. Él decidió quedarse con el grupo de los heridos que se movería muy lentamente. Mario les pidió que enviaran con ellos a dos miembros de su comunidad por cada uno de los heridos, para de esa forma ayudarlos durante la travesía. Así lo hicieron, salieron los niños y unos minutos después salieron los heridos.

La travesía devuelta se estimaba en una hora de vuelo normal, pero con la peculiaridad de los viajeros les tomaría mucho más. Mario le había dicho a su ayudante que, si veía que se estaban atrasando demasiado como para impedirles llegar al lugar, enviara al más veloz del equipo con un mensaje a Rebeca.

La travesía se iba dando sin problema alguno. Los niños se iban moviendo a un paso aceptable. Mario a un paso mucho más lento, se movía como un viacrucis con sus heridos. El ayudante de Mario había enviado al frente a un mensajero con la noticia de su travesía. Era importante para Rebeca tener la información de lo que estaba sucediendo.

El comienzo de la migración

Rebeca en la comunidad había logrado organizar todas las cosas, todos estaban muy cooperadores y se podía respirar un ambiente de sosiego y esperanza. Pero Rebeca seguía muy preocupada por Mario y su equipo. Ella veía que el tiempo se estaba acabando, y como líder sabía que el tiempo es un don, un regalo, una vez invertido no hay posibilidad de devolverlo. Y sabía que en los asuntos de vida o muerte es el tiempo lo que hace la diferencia. Rebeca ya había elegido un grupo de búsqueda para salir tan pronto ella lo indicara. Luego de eso no tendría más recursos para invertir en ese asunto. Su paciencia y paz estaban al punto de colapsar, su preocupación por los demás siempre estaba presente, al final es esa preocupación lo que hace la diferencia entre los líderes buenos y no tan buenos.

Cuando Rebeca pensaba en estas cosas, llegó muerto del cansancio el mensajero enviado por instrucciones de Mario. Apenas podía hablar con claridad, con dificultad pudo decir que todos estaban bien. Le dieron un poco de agua, respiró de forma profunda y sintió cómo el aliento le regresaba al cuerpo. Acto seguido le informó a Rebeca de todo lo que había acontecido. Le habló de los niños, de los enfermos, de Lucas, del Consejo y sus determinaciones.

Rebeca lo escuchó sin interrumpir. Cuando terminó le preguntó a qué distancia podían estar los grupos. El mensajero le dijo que los niños quizás a treinta minutos, Mario tal vez a una hora de camino. Rebeca, de forma inmediata, envió al grupo de rescate que tenía preparado para ir a encontrarse con los niños, y luego con el equipo de Mario.

Ellos salieron de forma inmediata para ir al encuentro de los niños. Antes de la media hora ya se habían encontrado con los niños, los vieron bien. Sobrevolaron el área para divisar cualquier peligro, pero no vieron nada a considerar. Volaron con ellos hasta llevarlos a la comunidad. Allí fueron recibidos con mucha alegría y algarabía. La comunidad se sentía muy alegre, un sueño estaba tomando su cumplimiento y de forma inmediata elevaron el cántico de las memorias, recordando a sus héroes y heroínas a través de la historia. Muchos cantaron con lágrimas en sus ojos.

Los niños estaban asombrados del lugar, el olor, la temperatura. La geografía de aquel lugar les produjo un profundo sentido de paz y seguridad. Las distintas familias presentes salieron a encontrarlos y recibirlos, procurando que ninguno de ellos se quedara solo. Rebeca se dirigió a cada uno de ellos con una palabra de bienvenida, llena de emoción:

—Hoy es un día que quedará registrado en nuestra historia. Ustedes son ahora parte de nuestras familias y de nuestra comunidad. Este lugar es su casa, es su hogar, tenerles con nosotros nos provoca mucha felicidad.

El equipo de rescate salió nuevamente, esta vez a encontrarse con Mario y el grupo de los heridos. Estos a pesar de sus heridas se habían comportado con mucha gallardía y fuerza. El equipo enviado por Rebeca les encontró muy cerca de donde encontraron anteriormente a los niños. Hicieron la misma rutina de sobrevolar el área para detectar cualquier enemigo, pero no vieron a nadie, tan solo un enorme aguacero que estaba a punto de caer. Para los cucubanos el agua era importante, al igual que la lluvia. Pero un aguacero muy profuso les representaba un peligro si no estaban en un lugar para refugiarse.

Ellos le advirtieron a Mario de la lluvia que venía. Mario le puso más velocidad a su grupo para ganar un poco de tiempo que luego perderían por causa de la lluvia. De forma inevitable, luego de unos segundos fueron sobrecogidos por un enorme aguacero tropical. Unas gotas de lluvia muy pesadas se hicieron sentir sobre las alas de los cucubanos. Cuando esto ocurría no había otra opción que buscar refugio. Mario divisó un arbusto menor y movió a todos a ese lugar. Se pegaron como un solo cucubano al tronco del arbusto y juntos se brindaron protección los unos a los otros. Con suerte que los aguaceros tropicales en ocasiones suelen ser profusos, pero de corta duración.

Allí mientras recibían el embate de la lluvia, en aquel gran abrazo de lucha y resistencia, recordaron una vez más la importancia de estar juntos. Asumieron su pequeñez, tenían claro sus debilidades frente a los grandes depredadores, pero los cucubanos nunca habían aceptado la idea de verse a sí mismos como víctimas de un sistema injusto. Ellos sabían que para poder sobrevivir era necesario siempre estar abrazados a la esperanza, a la realidad de su interdependencia unos con otros y sabiendo sin duda alguna que juntos y unidos, eran más fuerte que cualquier circunstancia, que cualquier depredador.

Pasó la lluvia, se sacudieron las alas mojadas y volvieron a su formación. Lo hicieron de tal forma que de pronto parecía una de esas coreografías que vemos en las olimpiadas. Ya faltaba poco por llegar, los mensajeros se adelantaron a petición de Mario para que preparasen un lugar para los heridos. La comunidad, junto a Rebeca, les esperaban con ansias. Cuando de pronto los ven a lo lejos, ya debajo de la protección del lugar por el cielo de arbustos.

Los miembros de la comunidad de Lucas que habían acompañado a los heridos no podían creer lo que veían sus ojos. Para algunos era como estar soñando, como una imagen del paraíso. Los enfermos sintieron de forma inmediata cómo el lugar en sí mismo era uno sanador. Porque sin duda alguna existen esos lugares que están impregnados de una fuerza espiritual que es casi palpable. Ese tipo de fuerza que revitaliza y despierta la esperanza. Algunos de ellos fueron sobrecogidos por los sentimientos y comenzaron a llorar.

Rebeca los observaba con alegría y mucha compasión a la vez. Era ese tipo de momento en que se hace difícil descifrar en realidad la cantidad de sentimientos que se están experimentando.

—¡Bienvenidos a nuestra comunidad! Desde hoy esta es su casa y nosotros somos su familia. Mi nombre es Rebeca y por la gracia de esta comunidad les sirvo como su líder —dijo Rebeca.

Los enfermos y sus acompañantes agradecieron con lágrimas tanta amabilidad. Fueron acomodados en un área preparada para ellos y los acompañantes tuvieron la opción de escoger el lugar que deseasen. Esa sería su nueva casa. Pero el proceso no había terminado aún, la mayor parte de la comunidad se encontraba aún cuidando de sus enfermos más graves. Era un compromiso sobre el cual nadie en realidad podía hacerles cambiar de opinión. Esto a Rebeca le molestó inicialmente, pero luego admiró la determinación de la comunidad de Lucas que había llevado ese compromiso los unos con los otros a un nivel más allá.

Pasados unos días y sin tener alguna noticia de la comunidad de Lucas, Rebeca tomó la decisión de ir ella en persona con un grupo que le acompañara. Entre ellos le acompañarían los miembros de la comunidad de Lucas. Con ellos llevarían agua, comida y plantas medicinales. Salieron muy temprano de mañana, la idea era estar devuelta de ser posible en la tarde del mismo día. Era un viaje de aproximadamente una hora. Y una hora le tomó la travesía. Los peligros del lugar continuaban, tuvieron que hacer el viaje muy pegados al suelo y con todas las previsiones posibles. El ambiente en la comunidad era desolador, se podía palpar la tensión y el miedo en sus miembros. Era un ambiente pesado y desalentador.

Era curioso cómo dos comunidades compuestas por el mismo tipo de especie podían a su vez ser tan distintas. Sin duda alguna que el ambiente que emana de la vida de las personas en comunidad puede ser un atrayente o repelente para los demás. Las comunidades pueden dejar sentir a los demás el «espíritu que la domina»; ya sea la tristeza, la desconfianza, la pena, el luto, el abuso o, por el contrario, la alegría, la vida, el amor, el perdón y la gracia. Al final lo que define el «espíritu» de una comunidad no es lo que dice ser, es la forma en que decide vivir. Son sus acciones. Una comunidad define el «espíritu» que la gobierna por la manera en que trata a sus heridos, a sus desventajados, a los más débiles. No la definen sus grandes proyectos, ni sus edificios, la definen sus lágrimas, su acompañamiento, sus abrazos y su solidaridad.

Aquella imagen le robó el aliento a Rebeca y a su vez le provocó un sentido de urgencia, la necesidad de que en aquel día ocurriera allí un milagro, aquel lugar lo necesitaba. Mientras ellos hacían su entrada a la comunidad, los cucubanos salieron del lugar donde se encontraban para mirar con incredulidad al grupo que entraba. Parecían para ellos como venidos de otro mundo. De forma inmediata los miembros del Consejo le salieron al encuentro. Se les notaba cansados y descompuestos, pero procuraron mantener de forma estoica la compostura. Rebeca les admiraba por su fidelidad unos a otros, pero le preocupaba el hecho de condenar a toda una comunidad a una muerte segura. Estaban sitiados por sus enemigos y eso ya estaba destruyendo la vida emocional de sus miembros.

Rebeca les saludó con mucho entusiasmo, se presentó a sí misma como la líder de la comunidad. Acto seguido pidió poder ver a Lucas. Ella no lo conocía personalmente, pero desde pequeña había escuchado sus historias. Lucas era sin duda una leyenda entre las comunidades de cucubanos. Ella quería presentar sus respetos. Los miembros del Consejo le mostraron el camino. Lo que vio no era en realidad ni la sombra de lo que ella en su mente había imaginado. Ver a un ser herido de muerte, agarrándose con fuerza a la vida sin la más mínima posibilidad de vivir. Lucas estaba en un estado de inconciencia, apenas respiraba, se le alimentaba con el néctar de algunas flores. Rebeca tuvo que contener las lágrimas, respiró profundamente y guardó silencio. Frente a ella se encontraba uno de los héroes más importantes de la historia de los cucubanos. Allí rodeado de tanta fragilidad se podía ver cómo la vida se le escapaba como agua entre las manos. Aquella imagen le recordó la realidad de nuestra debilidad, de lo frágil que somos en realidad. Y ante esa realidad guardó silencio, tragó hondo, se secó las lagrimas y decidió continuar.

Rebeca pidió hablar con el Consejo. Ella quería de alguna forma buscar un remedio justo para todos. Al final Lucas podía morir ese mismo día, o pasar meses en su estado, eso nadie lo sabía. Lo que sí era obvio era que esa situación estaba matando lentamente a todos los miembros de esa comunidad. Sino se actuaba con prontitud la comunidad podía ser víctima de sus propios principios. Pero Rebeca sabía que las reglas y los principios están puestas para velar y proteger a la comunidad, son buenos aliados y compañeros, pero no pueden convertirse en sus señores. Cuando las reglas de la comunidad son valoradas por encima de la propia comunidad y llega a ponerla en peligro, es tiempo de cambios y reformas.

Los principios eternos que rigen a la comunidad están intrínsicamente ligados a la vida plena de la comunidad misma.

Rebeca se dirigió al Consejo de la comunidad de Lucas y les dijo:

—Les convoco compañeros y compañeras para que podamos discutir un asunto que no es solo una cuestión importante, sino que a mi entender de ella depende la vida o la muerte de esta noble comunidad. Sé bien que no pertenezco a esta comunidad, y que la voluntad de ustedes para recibirme y reunirse conmigo es un don admirable y les estoy agradecida. Permítanme antes que nada poner cada una de mis palabras en su debido contexto.

Continuó:

—Hace ya una semana que nuestra comunidad dirigida por el abuelo, un ser excepcional y sin duda alguna uno de nuestros grandes héroes, salimos con la ilusión y la necesidad de poder unirnos a esta comunidad por acuerdos previos que tanto el abuelo y Lucas habían pactados. Acuerdos que tanto ustedes como nosotros suscribimos y acordamos. Salimos sabiendo que era una travesía que pondría en peligro nuestras vidas y la vida de nuestras familias. Pero como saben, el Gran Huracán no nos dejó otra alternativa. Todos sabíamos que si nos quedábamos en aquel lugar íbamos a morir eventualmente. Allí no teníamos esperanza ni futuro. El abuelo nos guio con mucha valentía. Días después el abuelo estaría ofrendando su vida para proteger a su comunidad. Cada líder que asume su responsabilidad frente a una de nuestras comunidades sabe que su compromiso con la comunidad es mucho más fuerte que su amor a la vida. La comunidad al partir el abuelo me escogió a mí para guiarles a nuestro encuentro con ustedes. Nuestra visión y propósito no se movió un ápice, aun cuando llevábamos días sin saber de Lucas ni de ustedes. En verdad no sabíamos si estaban vivos, si seguían soñando con la unión de nuestras comunidades.

—Es por eso por lo que, aun habiendo encontrado un lugar ideal para el desarrollo de nuestra comunidad, y al no saber de ustedes, decidimos seguir buscándolos. Lo hicimos hasta que nuestro querido Mario luego de buscar con insistencia los encontró.

Gracias a esto, hoy podemos estar delante de ustedes honorables miembros de este Consejo. No vengo en forma alguna a imponer mi opinión ni visión de esta situación. Tan solo quiero dejarles sentir mi preocupación profunda acerca de una situación que, si bien es admirable, tiene la posibilidad de convertirse en un peligro mucho mayor que el asedio de los pitirres — continuó Rebeca.

—Queridos amigos y amigas, ningún precepto pueda estar por encima de la existencia misma de una comunidad. Cuando eso ocurre, nuestra historia nos enseña que es el deber de la comunidad evaluar y cambiar si es necesario dicho precepto. Nuestros héroes y heroínas a través de los tiempos nos han enseñado que no existe asunto más importante que el bienestar y la vida de la comunidad. Ni tan siquiera la vida de sus líderes. Es por eso por lo que con urgencia les pido que reconsideren su posición frente a la vida de nuestro querido Lucas. Lo que les sugiero es que podamos ir moviendo a la comunidad dentro de los próximos dos días y que lo hagamos en grupos escogidos por ustedes. De esa forma sería más rápido el éxodo y siempre habría un grupo cuidando de los dos cucubanos heridos. Si lo hacemos le daríamos un tiempo extra a los heridos y no pondríamos en mayor peligro a la comunidad —concluyó Rebeca.

Los miembros de la comunidad la escucharon con detenimiento y le pidieron un tiempo para hablar como Consejo. El líder del Consejo le agradeció a Rebeca su preocupación y pidió un tiempo y espacio para discutir un asunto de tanta importancia. El Consejo se retiró a un lugar apartado y discutió durante un buen tiempo el asunto. La preocupación mayor era ese sentimiento de «traición» a Lucas, quien había sido un líder sin igual para ellos. Llevarlo de camino le ocasionaría la muerte, dejarlo allí le ocasionaría la muerte. Quedarse ellos allí terminaría matándolos a todos. Se quedaron en silencio durante un momento, ponderando en sus mentes cada uno de los escenarios.

El líder del consejo pidió la palabra:

—La situación es compleja por quien representa. Son miembros amados por esta comunidad, y la bendición que ha representado Lucas para nosotros es incalculable. Recordaba que cuando Lucas nos trajo su visión de poder unirnos a otros grupos, la tenía porque le preocupaba mucho la subsistencia de la comunidad. Lucas sabía que nuestros recursos estaban menguando y que dentro de unas cuantas lunas podíamos desaparecer como comunidad. Al final es lo que hace todo líder sabio, reconoce sus limitaciones y procura remediar el asunto. Me parece que el deseo de Lucas sigue vigente, creo que sus intenciones y nuestras decisiones siguen en pie. No olvidemos por un momento que no fueron solo los deseos de Lucas, también nosotros estuvimos de acuerdo, nosotros somos parte de la decisión de formar una comunidad mayor para garantizar la vida de nuestras comunidades.

Uno de los miembros del Consejo pidió la palabra y propuso lo siguiente:

—Sé muy bien que Lucas no responde, pero qué tal si todavía puede oír, qué tal si le planteamos nuestro problema, quizás de forma milagrosa pueda responder.

Todos se miraron por un momento, al

principio pareció una idea un poco grotesca. Pero recordaron que en realidad no tenían muchas opciones. Un poco escépticos con la sugerencia, decidieron ponerla a prueba. Tal vez era posible que Lucas pudiera escucharlos y de alguna manera pudiera comunicarles su voluntad. Salieron del lugar a toda prisa, Rebeca los vio salir del lugar y se preguntó qué había pasado. Vio cómo se dirigían hacia el lugar de los enfermos, en donde estaba Lucas. Rebeca se moría de deseos de saber qué era lo que estaba pasando, pero no tenía otra opción que esperar. El Consejo llegó hasta donde estaba Lucas, se cruzaron las miradas nuevamente, titubearon un poco, el líder del Consejo se armó de valor, les pidió a los cuidadores que los dejaran a solas con Lucas. Una vez a solas, el líder del Consejo se acercó a Lucas, lo tocó y con mucho cuidado le habló al oído:

—Lucas, amigo, no sé si puedes escucharme, llevas muchos días sin poder moverte ni hablar a causa de las profundas heridas causadas por los pitirres. Pero los del Consejo no sabemos si en medio de tu situación nos puedes escuchar. Como líderes del Consejo tenemos una decisión que tomar y la misma no puede esperar mucho más. Lucas, hace unos días fuimos encontrados por miembros de la comunidad del abuelo. Ellos lograron llegar al Bosque de la Roca, el lugar que el abuelo y tú habían encontrado hace mucho tiempo, un lugar perfecto para habitar ambas comunidades juntas. Recuerda que nosotros no pudimos llegar porque fuimos atacados de una forma cruenta y vil por los pitirres. La comunidad del abuelo ya está allí, ya enviamos con ellos a los demás heridos y a nuestros niños. Nosotros aquí estamos sitiados por nuestros enemigos y apenas podemos salir a buscar alimentos. Tu condición de salud no permite que podamos moverte, si lo hacemos corremos el peligro de que puedas morir. Sabes que como comunidad tenemos el compromiso de no dejar a ninguno de los nuestros atrás, y no queremos dejarte atrás. Ante esta situación no sabemos qué hacer. Si has escuchado lo que te hemos dicho, por favor déjanos saber de alguna manera.

Cuando el líder terminó, todos guardaron silencio, se quedaron mirando atentamente a Lucas, esperando de alguna forma que pudiera comunicarse. Pero el esfuerzo fue en vano. Se miraron unos a otros y movieron su conversación fuera del área de cuidado. El líder del Consejo con sus ojos llorosos les dijo:

—Luego de lo que hemos visto hoy me parece que esta decisión recae absolutamente sobre nosotros. La vida de decenas de miembros de nuestra comunidad depende de nosotros. Me parece que debemos llevar a cabo el plan propuesto por Rebeca, de ir moviendo a la comunidad por grupos escogidos por los próximos dos días, y dejar a los heridos graves para la última travesía y que sea lo que tiene que ser.

Los demás se limitaron a asentir con sus cabezas. Se llevó a votación y lo decidieron de forma unánime. El primer grupo saldría con Rebeca de forma inmediata y estaría acompañado por uno de los miembros del Consejo, y de esa misma forma los demás. Decidieron también que habría mensajeros que se estarían moviendo con los grupos para informales a ellos que todo se estuviera dando en forma conveniente.

El líder del Consejo le hizo señal a Rebeca para que se acercara. Rebeca así lo hizo.

—Rebeca, los miembros del Consejo de forma unánime hemos decidido dar paso a tu propuesta de ir moviendo en grupos escogidos a los miembros de nuestra comunidad. Además, mantendremos unos contactos que estarán moviéndose de forma constante con cada uno de los grupos y nos informarán que todo vaya bien —dijo uno de los miembros del Consejo.

Rebeca les dio las gracias por aceptar la propuesta, aunque le molestó un poco la poca confianza y el cuestionamiento implícito acerca de sus acciones. Pero decidió sobrellevar la ofensa, ella estaba muy clara de sus acciones e intenciones y en ese momento había frente a ella un asunto más importante que su orgullo.

—Ya que han tomado la decisión, es preciso que organicemos el primer grupo para salir lo antes posible para evitar que llegue la noche. Estaremos saliendo en la próxima media hora –dijo Rebeca.

Durante los próximos minutos los miembros del Consejo se fueron acercando a diversos miembros. Un grupo de dieciocho miembros compuestos de varones y hembras saldrían con Rebeca rumbo al Bosque de la Roca. El grupo salió conforme a lo acordado. Rebeca les dio instrucciones muy claras y precisas a los miembros del grupo. Les recordó que estaban sitiados por enemigos muy peligrosos.

—Compañeros, mi nombre es Rebeca, soy la líder de la comunidad que habita en este momento en el Bosque de la Roca. Fui escogida por nuestra comunidad ante la muerte de nuestro querido líder el abuelo. Quiero decirles que el viaje que vamos a emprender nos tomará aproximadamente una hora. Nos vamos a mover lo más rápido y callado posible. Cada instrucción deberá ser obedecida sin cuestionamiento alguno. Necesitamos que confíen en nosotros y nuestras habilidades —dijo con claridad Rebeca.

—Mario, necesito que te pongas a la cabeza del grupo. Tú conoces mejor la ruta segura, yo estaré a tu lado —instruyó Rebeca.

Salieron con premura y buena velocidad en su vuelo. Atrás se quedaron los demás miembros de la comunidad. El próximo grupo saldría al otro día. Rebeca le seguía dando vuelta a la decisión de ponerle unos «contactos» para observar que todo «marchara correctamente».

—Solo espero que ninguno de ellos interfiera con la manera en que haremos las cosas —dijo Rebeca.

Pero en realidad todo transcurrió sin mayores percances. Los pitirres estaban entretenidos en otros asuntos, un guaraguao los tenía algo ocupados ocasionalmente. Esto le sirvió muy bien para poder moverse a mayor velocidad. La velocidad y el silencio eran dos elementos vitales.

Luego de viajar a la mayor velocidad posible llegaron mucho antes de lo esperado. Era preciso ver el rostro de cada uno de ellos cuando entraron a la sombra de aquellos grades arbustos. Los arbustos estaban tan unidos unos con otros que crearon una cúpula hermosa de ramas, hojas y flores. La frescura que había en el lugar era muy agradable. El olor dulce del néctar de las flores se podía percibir en el aire. Las expresiones de admiración no cesaron en todo el recorrido. Era un lugar hermoso y perfecto. Y aún no habían entrado a la hendidura de la roca, que era en realidad su nuevo hogar. Fueron recibidos en la entrada por la líder del Consejo. Ella le dio la bienvenida al lugar junto con Rebeca.

Cuando entraron a la roca, se quedaron mudos de admiración. Los niños que habían llegado primero fueron al encuentro de los recién llegados, y se fundieron con ellos en aquella hermosa procesión. Los demás miembros de la comunidad del Bosque se apostaron a los lados del recorrido, saludando y sonriendo a los recién llegados. Algunos de los heridos ya estaban lo bastante recuperados y también participaron de la bienvenida. De igual forma se les animó a escoger en todo aquel abundante espacio un lugar para vivir y participar de su nueva comunidad. Comieron, bebieron, rieron y lloraron hasta que al final cada uno de ellos sucumbió a su profundo cansancio; incluyendo a Rebeca y Mario. Mañana será otro día, se dijeron el uno al otro.

—Hasta mañana Rebeca —le dijo Mario.

—Hasta mañana querido amigo, hasta mañana —respondió Rebeca.

Un nuevo comienzo

Y como ocurre después de un día llega el otro. Cada uno trae su propia carga y realidad. Pero este día en particular sin apenas comenzar ya tenía en sí mismo un peso enorme para cada uno de los participantes. Rebeca, como acostumbraba, se levantó temprano, fue a visitar a los enfermos y voló rumbo a los centinelas que les cuidaron el sueño. Les agradeció por su servicio y les preguntó por alguna novedad. Todo había ocurrido sin mayores percances. El lugar era muy seguro y tranquilo. Mario se le unió en su rutina mañanera.

—¿Qué tal la noche Rebeca, pudiste descansar? —preguntó Mario.

—Sí, dormí poco pero profundo y me devolvió las fuerzas —respondió Rebeca.

—Hoy tenemos un día muy importante ante nosotros, quizás uno de los más importantes de nuestra historia —afirmó Mario en un tono muy reflexivo.

—Tienes toda la razón querido amigo,

hoy haremos historia —dijo Rebeca mirando al horizonte—. Bueno, vamos, es tiempo de organizar nuestros equipos y prepararnos para la salida, hoy tenemos que dar dos viajes. Lo que haremos es que iremos los dos juntos en el primer viaje. Tú regresarás con el primer grupo y yo regresaré en la tarde con el segundo grupo —comentó Rebeca.

—Rebeca, ¿y qué va a ocurrir con Lucas? —preguntó Mario, temiendo profundamente la respuesta.

Rebeca le dijo:

—Querido Mario, en verdad no tengo la más mínima idea de lo que va a ocurrir, no la tengo. Pero tenemos que continuar con la idea de salvar a la mayor cantidad de miembros de esa comunidad. Sus principios y valores, aquello que le es significativo y que nosotros a su vez admiramos, no puede abrazarse con tanta fuerza que haga arder nuestros propios cuerpos. Tú y yo sabemos que dar la vida para salvar a una comunidad es un acto valiente y heroico. Pero no está bien dar la vida de la comunidad para salvar a un individuo, no lo está. Al final el deseo de todo líder es que su comunidad viva, que viva para siempre. Creo que esa sería la respuesta de Lucas. Creo que para todos aquellos que están en el lecho de muerte, la mayor preocupación es que los que quedan vivos puedan vivir.

Mientras hablaban Rebeca y Mario, se comenzó a escuchar una canción en toda la comunidad. Era una de sus canciones dedicadas a la vida, un cántico de agradecimiento al Creador por todos sus favores, provisión y fuerzas. Una canción que daba gracias aun por los enemigos, los depredadores. La fuerza positiva de ese cántico se comenzó a sentir en todo el lugar. El ánimo de la gente, la fuerza de su voz, convirtieron aquella canción en una especie de oración colectiva, una proclama por el vivir.

Esos eventos en la comunidad no surgían de forma coordinada, eran asuntos espontáneos que salían del alma de los individuos allí presentes. En ocasiones era un baile, un compartir, una fiesta, un espacio de abrazos, un silencio colectivo, lágrimas juntas o risas contagiosas. Los líderes sabían que la comunidad tiene su propio ritmo, su vida propia, su palpitar. Ellos sabían que la vida en comunidad respira por sí misma y es necesario dejarla respirar. Por eso los líderes entendían que su posición en la vida de la comunidad era de facilitadores y observadores, nada más.

Se juntaron a la salida de la roca el equipo que saldría en busca de los que quedaban de la comunidad de Lucas. Rebeca compartió las instrucciones, les advirtió no bajar la guardia, les recordó que estarían entrando en territorio muy peligroso y que era necesario actuar siempre como si fueran un solo cucubano.

—Somos muchos, somos uno, un pensamiento y un solo vuelo —dijo Rebeca.

Todos la miraron y con una sola voz le respondieron:

—¡Sí, lo somos!

De forma inmediata levantaron el vuelo. Mario iba a la cabecera, seguido de forma inmediata por Rebeca. Volaban a la mayor velocidad posible y siempre procurando ser cubiertos por la yerba alta. Una hora de vuelo sin parada, y que por la velocidad procuraban completarlo en menos tiempo.

Mientras, en el campamento de Lucas ya los grupos estaban listos. Lucas seguía en el mismo estado, nada había realmente cambiado, tan solo el animo de la comunidad que se percibía más animado. La esperanza de salir de aquella situación, poder reunirse con su familia y poder estar en un lugar de paz, creaba grandes expectativas. Durante la noche los pitirres trataron de incursionar en el lugar, pero sin éxito. Las espinas del arbusto tenían la capacidad de persuadirlos.

En cuanto a Lucas, tres miembros de la comunidad de forma voluntaria decidieron quedarse con Lucas y el otro herido. Entre ellos estaba el líder del Consejo. Ellos se quedarían con las pocas provisiones que tenían y el néctar medicinal que había llevado Rebeca.

—Nosotros tres nos quedaremos cuidando de los heridos, estaremos con ellos hasta sus últimos días, creo que se lo merecen —dijo el líder del Consejo.

De esta forma entendieron como comunidad que podían cuidar a la comunidad y cuidar a su vez el compromiso que sentían los unos por los otros. Por otro lado, los grupos estaban listos y ansiosos. Los rumores de lo grandioso del lugar los había llenado de mucha ilusión. Ese sentido de una nueva oportunidad, de poder comenzar de nuevo les creaba una euforia que se dejaba ver. Cada uno de los grupos que saldría había pasado a ver en forma silenciosa a Lucas, le presentaron su admiración y respeto. Le agradecieron por su servicio durante tantos años y alabaron su enorme valentía. Sin duda alguna Lucas encabezaría la lista de los nombres de sus héroes cuando como comunidad elevaran sus cánticos. Fue un tiempo de muchas lágrimas y derroche de sentimientos.

Regresaron a su lugar de espera, todos listos, todos emocionados. Toda esta paz fue de pronto interrumpida. Un pitirre muy osado se posó sobre la zarza, evitando a toda costa el ser herido por las espinas de la planta. De forma inmediata se disparó la alarma. Los grupos que estaban a la espera buscaron un lugar más seguro alejados de aquel temible intruso. Lentamente con su agudo pico el pitirre comenzó a arrancar una por una aquellas espinas. Parecía que tenía toda la paciencia del mundo y toda la determinación también. Si aquel *Tyrannus* lograba acceso entonces era cuestión de horas para su desaparición.

Tuvieron que mover a los heridos a un lugar más seguro. El ave no cesaba en su proyecto de destruir aquel lugar que le había servido de refugio por muchos días. Como si esto fuera poco se le unió otro pitirre que por imitación estaba copiando a su compañero. El cuadro que encontró Rebeca y Mario les paralizó el corazón, no pudieron encontrar una imagen más grotesca. De forma inmediata se refugiaron entre la yerba para evitar ser visto por los *Tyrannus*. Continuaron su travesía entre la yerba de forma muy silenciosa y discreta. Se acercaron lo suficiente a la zarza y lograron entrar. Una vez entraron divisaron a la comunidad reunida en el tronco de la planta.

Mario se dirigió a los miembros del Consejo:

—La situación ha cambiado, necesitamos moverlos a todos de forma inmediata, quedarse en este lugar es un suicidio.

—Pero ¿qué haremos con los heridos? —preguntó uno de los miembros del Consejo.

—Tenemos que moverlos con nosotros, no existe otra alternativa —respondió Mario.

De esa forma fueron moviendo a los grupos de manera inmediata. Uno por uno fue desfilando por el suelo hasta alcanzar la yerba. Una vez todos allí, comenzaron a mover a los heridos, quienes en sus hojas que le servían por camas, fueron arrastrados hasta la yerba que les escondía de los *Tyrannus*. Una vez estaba toda la comunidad se dividieron en dos grupos, cada uno llevaría uno de los heridos. Se movieron entre la yerba de forma sigilosa, hasta que pudieron llegar al lugar que les posibilitaría un vuelo abierto y a toda prisa.

Cuando Rebeca les dio la señal volaron con todas sus fuerzas. Los cucubanos que llevaban el peso de los heridos se quedaban rezagados en el vuelo. Mario le sugirió a Rebeca formar un grupo con los heridos y volar con todas las fuerzas con los demás.

—Rebeca, los heridos nos están deteniendo el vuelo. Tenemos que cambiar la estrategia sino nos ponen en peligro a toda la comunidad —dijo Mario.

—Mario, ¿qué sugieres? —preguntó

Rebeca.

—Yo formaré un grupo con los heridos y sus ayudas y volaremos lo más rápido que podamos, pero a nuestro paso —respondió Mario.

—Me parece muy bien —dijo Rebeca.

Rebeca tomó la delantera con el resto de la comunidad, y volaron con todas sus fuerzas para evitar ser víctimas de los *Tyrannus* o cualquier otro. Llegaron antes de lo que ellos mismos habían pensado. Al llegar la comunidad estaba entusiasmada de recibirles. Los que llegaron de la comunidad de Lucas estaban ansiosos de saber lo que finalmente había ocurrido con su líder. De forma inmediata preguntaron al darse cuenta de que Lucas no había llegado con los grupos.

—Lucas vendrá después. Su condición no permite que se pueda volar a una mayor velocidad y es por eso que viene con Mario y los ayudadores, al igual que el otro herido —les respondió Rebeca.

Los miembros de la comunidad de Rebeca se dispusieron a ayudar a los recién llegados en su ubicación, en lo que desde ese día en adelante sería su nuevo hogar. Por otro lado, Mario y su grupo se mantenían a un vuelo constante y sin mayores problemas. Lucas aún se mantenía vivo, pero Mario no esperaba en realidad que pudiera superar aquella travesía. Mario llegó treinta minutos después que Rebeca. Toda la comunidad estaba a la espera fuera de la roca, ellos querían ser testigos del momento en que Mario y su grupo entraran al lugar. Cuando el grupo llegó, todos comenzaron a cantar un cántico de victoria y esperanza. Este cántico le había acompañado a la comunidad desde sus ancestros.

Mario y el grupo se quedaron maravillados al oírlos cantar. Sintieron que ese cántico le llenaba de fuerzas y esperanza. Era como una especie de bálsamo transformador. De forma inmediata le brindaron ayuda con los heridos y los llevaron al lugar de cuidados especiales. Rebeca saludó a Mario en forma efusiva. Mario y su grupo era quienes faltaban para completar las comunidades.

Rebeca miraba aquel momento como un nuevo comienzo para todos, como el final de una jornada, de una aventura que les había costado profundamente. Habían pagado un precio muy alto, les había tocado entregar sus héroes y heroínas. Pero ese día era para ellos sin duda alguna un día de fiesta y celebración. Era un día que nunca sería olvidado en la historia de su comunidad.

Y eso precisamente hicieron. Luego que se acomodaron todos, se convocó a la comunidad a una enorme celebración. Porque la celebración es parte vital de lo que se vive en la comunidad. En la celebración la comunidad se fortalece y renueva. Es un tiempo para relajarse y descansar, un momento de cargar nuevas fuerzas y ser sanados con el bálsamo de la risa y el gozo. Si como comunidad se falla en los espacios de celebración, se endurece lentamente el corazón y el alma de todos y todas.

Celebraron toda aquella noche, cantaron, rieron, bailaron. Comieron y bebieron a pleno gusto, pero siempre con un corazón agradecido por todos aquellos y aquellas que arriesgaron sus vidas por hacerlo posible. La noche fue pasando, y el cansancio fue cautivando a cada uno y se fueron rindiendo uno a uno, de tal forma que el silencio poco a poco fue tomando su precioso lugar en todo aquel lugar. Al final solo los centinelas estaban de pie. Rebeca y Mario hicieron juntos el recorrido final de la noche.

—Mario, gracias por siempre estar presente y cuidarme las espaldas. Gracias por siempre ser amigo y compañero —dijo Rebeca.

—Amiga, es un placer. Gracias también por estar dispuesta a escuchar y recibir las ideas. Eres una líder excepcional. Es un orgullo servir a tu lado —respondió Mario.

Rebeca lo miró y sonrió. La amistad entre ellos era ya de muchos años, desde muy pequeños. Algunos en la comunidad esperaban que en algún momento ellos anunciaran su casamiento, pero lo que no entendían era que entre ellos existía algo mucho más profundo y hermoso que un matrimonio. Ellos eran profundamente amigos, fieles y cuidadores el uno del otro. Eran de esos amigos que son muy raros de encontrar. Y esa amistad era al final mucho más fuerte que la misma muerte.

Se despidieron el uno del otro, necesitaban descansar, cada uno se fue a su lugar. Mañana sería un nuevo día. ¿Qué traerá ese día? Ellos no lo sabían, lo que sí sabían es que estaban juntos, que eran muchos más y que serían capaces de enfrentar cualesquiera circunstancias como comunidad que eran.

Llegó la mañana, la humedad de un nuevo día se dejó sentir. El sol como todos los días salió con toda su gloria y poder. Un rayo de luz se coló entre las ramas y entró con todo su apogeo al interior de la roca. Su hermosa luz disipó la oscuridad y se apoderó de aquel lugar transformando todo lo que pudo tocar.

Rebeca, como de costumbre, ya estaba en pie. Dio su recorrido habitual confirmando que todo estuviera bien. Fue a visitar a Lucas y encontró que no había pasado muy bien la noche. Le dijeron que lo vieron moverse, que en un momento pensaron que se despertaría de aquel estado, pero no fue así. Se le veía peor, su respiración era demasiado lenta y en ocasiones parecía desaparecer. Sin duda alguna el viaje no le había hecho bien. Rebeca pidió que se le informara de cualquier cambio. Y siguió en su recorrido. Visitó a los centinelas y preguntó por alguna novedad.

Todo había ocurrido sin novedad alguna. Cuando estaba de regreso para comer algo fue interceptada de camino por uno de los de cuidado especial.

—Rebeca, es necesario que vengas. Ven por favor —rogó el cucubano.

Rebeca voló con rapidez hasta el lugar. Cuando llegó le informaron que Lucas estaba muy mal. Ella se acercó a Lucas, le tomó la mano, y como presintiendo lo que estaba pasando por la mente de aquel moribundo, le dijo:

—Hola Lucas, soy Rebeca, la líder de la comunidad. Ya estamos todos juntos, tu comunidad y la mía, ya estamos en el Bosque de la Roca y tu estás aquí también. No tienes de qué preocuparte, ya cumpliste tu propósito, ellos están a salvo. Puedes irte en paz y descansar, siempre serás recordado en nuestras canciones.

Dicho esto, los ojos de Rebeca se llenaron de lágrimas, al igual que los de todos los que estaban allí, la voz se corrió de inmediato y la comunidad comenzó a reunirse entorno aquel lugar. Mientras Rebeca se mantenía agarrada de manos con

Lucas, de pronto de forma milagrosa, Lucas abrió sus ojos, apretó la mano de Rebeca, le regaló una sonrisa y respiró por última vez. Rebeca se acercó y le besó, se giró a los miembros presentes y con la voz entre cortada les dijo:

—Lucas ha muerto. Ha dejado su lugar entre nosotros para elevarse a un espacio que está sobre todos. Ha ido al encuentro de sus antepasados y se coloca hoy entre nuestros inmortales. Su nombre estará en nuestras canciones, sus endechas estarán siempre presentes. Se fue satisfecho sabiendo que estamos bien, que somos una nueva comunidad, que tenemos esperanza y un futuro brillante.

La comunidad le lloró, y entre sus lagrimas elevaron un cántico de victoria, recordando las hazañas y la valentía de un héroe llamado Lucas. La vida nos regala unos seres que están entre nosotros, pero parecieran de otro mundo. Su vida, su valentía, su entrega y compromiso hace que nuestro mundo sea distinto.

Los días pasaron después de la muerte de Lucas, la comunidad siguió en su rutina diaria, la esperanza de un nuevo comienzo se sentía en todo el lugar. Aquella travesía había terminado, pero todavía existían otras comunidades en peligro de desaparecer. De eso hablaban Rebeca y Mario, ya estaban haciendo planes de explorar más allá de los *Tyrannus*. Todavía no, pero dentro de unos días...

EdicionesEleos

www.edicioneseleos.com

MULTIMEDIA LLC

www.ingramcontent.com/pod-product-compliance
Lightning Source LLC
Chambersburg PA
CBHW072008170626
46813CB00005B/2059